緋彈的亞莉亞 XII

Aria the Scarlet Ammo

灑落狼犬之雪

赤松中

1彈　宛如消失般

簡直有種被偷襲的感覺啊。

我接到通知說有「重要聯絡事項」，然後被高天原老師帶到校長室後……

校長竟親自宣告了對我的處分。

——**退學**。

這、這的確是很重要的聯絡事項啊。

雖然在武偵高中是禁止隨便「回問」教師的，但我還是忍不住發出了聲音。

「退學……是嗎？」

站在一旁看著我們的高天原佑彩、蘭豹兩位教師，以及跟我一起被宣告退學的蕾姬都保持著沉默。

綠松校長則是機械性地對我點點頭……

「是的，是的。不過這並不是因為你們引起了什麼問題，這點希望你們不要誤會。」

他用毫無個性到讓人留不下任何印象的聲音對我們說著。

「你們兩位之前有提出過兩次轉學申請。第一次雖然因為資料填寫不全而沒有受理，不過其實並不是那麼一回事。那是一種像約定俗成的手續。一方面是為了防止有人偽造申請，另一方面也是希望學生在二度申請前能夠改變心意。」

確實，我的轉學申請有被要求再次提出過。

不過……比起「那件事原來是教務科動的手腳」，更讓我感到驚訝的是——

蕾姬竟然也有提出過轉學申請啊？

「蕾姬，妳……」

我不禁瞄了她一眼，於是呆站在我身邊的蕾姬也轉頭看向我，毫不考慮現在是在校長面前，就用蕾姬語對我說道。

「金次同學，我之前也有對你說過了。**我是你的東西**。烏魯斯的忠誠是永遠的。無論金次同學去了哪裡，我都會與你同在、與你同亡。」

結果誤解話中意思的高天原「哎呀」地染紅了臉頰，蘭豹則是挑起一邊的眉毛……

這麼說來，蕾姬過去好像確實有對我說過這樣的話。

也就是說，妳要**跟我來**是吧？甚至不惜離開學校。

「——從武偵高中要轉學到一般學校，是非常困難的一件事情。」

綠松校長對蕾姬的行動毫無反應，繼續說著。

「本來的程序應該是要在三月底讓學生一起轉出學校才對……但是那樣一來，學生們轉入的新學校就會同時對都教委提出密告，抱怨武偵高中出去的學生們學力太低、缺乏社會教養、從新學校退學的機率太高等等。本校曾經有一度因為這樣的原因而面臨過廢校的危機。目前的教育界依然對我們武偵高中沒有正確的理解啊。」

呃……不，那是很正確的理解啦。

畢竟咱們學校的學生多半都是怪咖啊。

「因此，我們後來的轉學手續就改成每隔一段時間分批送出少數人，並採取祕密執行的方式了。不過這樣一來的話，就會造成學生在四月的武裝登記更新前便離開本校。無論是不是真的有配戴武器，光是學生擁有許可……就會遭到外校排斥。所以只要被知道是從武偵高中轉出來的學生，對方學校就首先不會認同入學了。」

這簡直……就像歧視一樣呢。

雖然我也不是不能理解其他學校的心情啦。

「然而——根據個人情報保護法第八條，文科省有頒布一項叫人感激的規定。雖然這並不適用於轉學，不過如果是入學……也就是過去遭到退學的學生，就沒有義務要告知入學校方『自己是從哪一所高中來的』了。雖然在道義上，本校還是會動用一點**預算**，與對方的校長私下做些溝通。」

簡單講，就是用法律當後盾，再靠鈔票把我們塞給其他學校就是了。

不過，我現在也能明白如果不這樣做的話，武偵高中的學生就沒辦法轉學的事情了。在這點上，算是我的認知不足啊。

——此時，綠松校長突然把臉轉向一旁……

「話說……高天原老師，蘭老師，聽說在豐島區有一所叫『東池袋高中』的好學校是吧？」

「是的。」

「是的。」

「……好啦，話題有點扯遠了。我們言歸正傳。」

校長再度把臉轉向我們——

看來他已經跟那所學校講好了吧？

他剛剛對我跟蕾姬提出的命令就是：**自發性地**去報考那所跟武偵高中**沒有關係**的學校。

而就在這時……

「——請你撤回。」

蕾姬忽然用她那跟綠松校長一樣機械性的語氣說道。

「金次同學提出的是**轉學**申請，不是退學。請你依照金次同學的要求，改回轉學的方式。另外，時間也不一樣。請你照金次同學的要求，安排在明年的三月底，而不是這個月底。」

喂，蕾姬……！妳是沒聽到剛才說過的那些話嗎！

話說，妳幹麼一直「金次同學」、「金次同學」的？

有什麼必要為了我這種人，去反抗教師啦？呃，當然蕾姬說的話很正當，但這裡是武偵高中啊。而且還是在教務科勒，可不是有道理就能說得通的地方啊。

「──蕾姬！區區一個小鬼竟敢對教務科提出異議，妳好大的狗膽！」

暴力言論的代表──蘭豹立刻就甩起她的馬尾大吼了。

「蕾姬同學，要轉學的孩子們，大家都是先退學之後再重新考試入學的喔。」

高天原也用溫柔的語氣勸說著蕾姬。可是──

「那全都是學校方面的問題，跟金次同學沒有關係。」

蕾姬依然站在原地絲毫不動地……劈哩……一聲……

開始釋放出殺氣了……！

她難道就只因為事情沒有照著我提出的申請，就、就要跟教師們打一仗嗎？

就在我感到慌張的時候，蘭豹釋放出的殺氣越來越濃──高天原也開始放出奇怪的氛圍。

（不、不妙啊……！）

這下子──要是我輕舉妄動的話，搞不好就會立刻**開戰**了──

我靠著戰鬥前的習慣，開始分析房間內的戰力。

我方成員是聽從帶她來的蘭豹指示而沒有配戴狙擊槍的蕾姬，以及根本連爆發模式都沒發動的我。

我看我們光是對蘭豹一個人就沒辦法打贏了吧？

畢竟蘭豹是個靠單手就能擒服亞莉亞的怪物，而且她也已經在強襲科熟知了我的戰鬥方式。

而高天原戰鬥的樣子我雖然沒看過，但、但是她那氣勢……很強……太危險了……！

或者應該說，光是從她跟蘭豹與綴這對金剛力士共住一間房間，卻從來沒有受過傷的這一點看來，就已經可以知道她不是什麼簡單的角色了。

然而——

真正最可怕的，是綠松武尊、校長……！

（這、這怎麼可能……啊……！）

我因為一股至今從未遇過的感覺而忍不住變了臉色。

明明四周的殺氣不斷在增大著……

「哈哈，真不應該啊。」

校長卻如此一笑後，他的殺氣、不對、是氣息……漸漸消失了……！

不、不對，是**漸漸讓人沒辦法感受到了**。

如果只是「消失」的話，我還有辦法對應。畢竟只要對全方位進行警戒就可以了。但是，如果是「沒辦法感受到」的話，我方的意識就沒辦法集中，而變得破綻百出了。

話說，他現在真的在我眼前嗎？不在嗎？光是這一點，我就不知道了……！

我、我不想跟這種人戰鬥啊。

不，這根本連戰鬥都稱不上啦。就算我現在是爆發模式也一樣。

仔細一看，蘭豹跟高天原也因為校長的變化而開始焦急了。

看來這兩個人剛才並不是隨便為了蕾姬的話在生氣的。

她們是為了不要讓校長認真起來對我跟蕾姬**出手**，才會那麼做的啊……！

（——這、這下該怎麼辦！）

要是蕾姬稍微動個一下，或是對方主動出手——

要是真的開打的話，我們可就沒辦法好手好腳地走出校長室啦。不，搞不好連性命都有危險。

武偵雖然有「不可殺人」的義務，但是，**只要不被發現就沒差了**。

畢竟這裡是教務科，咱們學校的教師們都很擅長應付警察。甚至有謠言說，他們就算殺了一、兩名學生，也只要把事情當成意外身亡就不會被外界懷疑了。

頓時，房間內充滿了蕾姬、蘭豹與高天原的殺氣。於是——

我只好抱著豁出去的決心大叫。

「——住手，蕾姬！」

正常狀況下，在這種時候首先做出行動的我，應該會被打成蜂窩才對。但是……

「……嗚……」

不、不管是子彈還是利刃，都沒攻擊過來呢。

總是聽從我命令的蕾姬……彷彿關掉電源似地，恢復了原本的樣子。而看到她的樣子，蘭豹與高天原也收起了她們的殺氣。

太、太好啦……我實在太**走運**了。

我是把一切賭在「老師不會殺害學生」這個常識會正確運作的這一點上，而做出行動的。

然後老師她們則是……姑且放過我們一馬了。

簡單講，就是正如蘭豹所說，還是小鬼的我們，在依賴教師們的善意了。

「真、真是非常抱歉。我願意遵從您所說的程序，接受退學。蕾姬，妳也沒意見吧？」

聽到我這麼一說，蕾姬她……輕輕地點了一下頭。

這樣一來，就恢復一如往常的蕾姬了。雖然我是很想這樣去思考啦，但是——

從剛才的這一下我就明白到，那個所謂「平常的蕾姬」已經跟過去不太一樣了。

剛才的緊張狀況，很明顯是蕾姬的誤判所造成的。

我雖然知道蕾姬其實是個很衝動的人，但是這傢伙剛剛居然連我這種人也能做到的狀況判斷都放棄了。

蕾姬，妳的攻擊能力雖然確實很高，但是實際上的戰鬥並不是單純的比力量而已啊。這不是妳曾經教過我的事情嗎？為什麼現在妳卻只是為了我的意見沒被接受，就跟咱們的教師們搞得那麼激動啦？妳的優點不就是「冷靜」嗎？

話說……

這個傢伙，要跟我一起轉到新學校去啊？

就在我忍不住深深嘆了一口氣的時候……

「我也真不應該啊，看到如此大顆的鑽石原礦……就會忍不住想要敲碎呢。」

聽到這句話，我這才重新**感受到**同樣恢復原貌的綠松校長了。

他跟我對上眼睛後……

「──拜託你早一點制止她行不行？她不是你的女人嗎？」

不知道是不是要當作餞別的意思，對我露出了短短五秒的本性。

「好了，還有什麼疑問嗎？」

接著，他又恢復那張不管是哪個日本人都會掛在臉上、卻不知道內心是在盤算什麼的笑容了。

我有個疑問……請問您為什麼會想當學校的老師啊？

隨後，校長平淡地對我們提出了各種命令，總歸起來就是——

・為了預防犯罪者的報復行動，不建議在退學後立刻繳回武偵證照或解除武裝。

・要偽裝成接受了教務科的長期祕密任務，退學的事實即使是對校內人士也要保密。

・處理好個人的遺留事項，必須要像消失一樣離開學校。

以上。

怪不得偶爾會有一些學生接受了長期任務之後就沒再回來。

原本大家都在猜測那些人是接受了以年度為單位的工作，或是到海外直接就業了之類的……不過想必他們其實也是退學、轉學了吧？

因為到月底前也沒剩幾天了——

於是我裝作若無其事地將雜務交接給風魔、將GT2000的模型讓給了從以前就一直在跟我伸手的武藤、把欠平賀同學的帳清算完畢等等，馬不停蹄地處理著各種遺留事項。

但是就我所知，蕾姬似乎什麼事都沒做的樣子。因此我只好帶著她，至少去告知巴斯克維爾的成員們「我們要去執行祕密任務」的事情了。
十一月二十九日——我們留在武偵高中的最後一個星期日，黃昏。
我們首先前往最有可能問東問西的理子所在的第二女生宿舍——來到過去我曾經被假扮成亞莉亞的理子騙進來過、原本是三人房的一〇一一號房前，並打開房門……
嗚……這是什麼？
不只是有女人臭而已，還有一種揮發性的異味啊。
我站在擺了一堆鞋子的玄關，稍微說明了一聲「我們下個月開始要到校外執行祕密任務」的事情後……
「欽欽跟蕾Q參加任務～？一年級時的黃金搭檔又復活了呢～」
理子如此說著，並將我們帶進房間內。她有點弄髒的手上拿著一捲彈性膠帶，走路搖搖晃晃的。到底是在幹什麼啊？祕密製造什麼化學武器嗎？
我來到似乎還有其他人的房間一看……
房間裡並排著三張桌子，其中兩張坐著貞德以及……一名身材嬌小、留著一頭長黑髮、看起來個性陰沉、我從沒見過的女孩子，默默地不知道是在畫什麼東西。
（……？）
那是……哦哦，是漫畫的原稿啊。我還是第一次見到呢。
看來房間裡充滿的這個味道，是來自於修正液跟彩色原稿用的顏料啊。

「妳們是在做什麼啊？」

我在到處堆放著參考資料的房間內坐到沙發上，結果理子竟然就這麼倒在我大腿上了。

「就當助手呀～啊嗚～……冬季快到了呀～……」

「什麼冬季，現在就是冬天了啊。拿去，跟妳借的遊戲我還給妳了。把腳讓開啦。」

我把全身都很柔軟的理子一把推開，但她看起來好像沒什麼精神的樣子。

這時，一個影子（希爾達）端著一個裝了Yunker（註1）的銀色盤子，從廚房緩緩移動到沙發旁。

「遠……遠山！」

眼眶中莫名其妙含著淚水的貞德，「啪！」地一聲從桌面上抬起頭看向我。

看來她現在才發現我來的樣子。

畫漫畫還真需要集中精神啊。

「你幫幫我啊，理子跟桃子都不讓我畫圖呀！不只是人物，就連背景都不讓我畫呀！我已經不想再畫效果線跟塗黑了……！噢噢，神啊……」

似乎跟理子一樣精疲力盡的貞德走到我面前，擺出宛如悲劇女角般的動作，癱在

註1 Yunker 黃帝液，日本佐藤製藥發售的營養補給飲料。

沙發上。

「——妳們兩位，也才熬夜兩天而已，太沒出息了。」

從書桌的方向，穿著制服、像個日本人偶般的女孩子對理子與貞德說著。

那女孩雖然看起來很可愛……可是卻面無表情，雙眼直瞪著原稿，連看都不看我們一眼。

在她的左手上——戴著一個手套呢。

雖然手套上有用蝴蝶結偽裝得很可愛的樣子，但是我直覺上就能感受到她的那隻手有某種不吉祥的感覺。

「那傢伙是誰啊？」我小聲問著貞德。

「前伊·U鑽研派跟我同期的人，被稱為『魔宮之蠍』，是個使用猛毒的高手。」

「什麼……！」

「別擔心，她現在只是我的朋友，或者應該說是老師吧。她很會畫漫畫。只要把這些漫畫賣掉，意外地可以賺到一筆為數不少的軍用資金呢。對了，你也來幫忙賣，Follow me到西館吧。」

聽到她這句以「我今後還會繼續留在武偵高中」為前提的一句話……

我終於開始感受到自己即將要轉學的事實了。

從今以後，我跟武偵高中的這些人可沒辦法隨隨便便再見面了啊。

「抱歉，我跟蕾姬有祕密任務要執行……」

話說，我也不想再認識更多從伊・U出來的危險人物了。於是我把這句話當成婉拒跟她去什麼「西館」的藉口後……

理子用她圓滾滾的雙眼皮眼睛看著我，對我問道。

「祕密任務？火火的那個也是嗎～？」

不知火……？

「不，不是。我們不同件。」

我用短短一句話姑且回答她了。

哎呀，不知火應該只是很正常地接到一件真正的「任務」吧？

畢竟那傢伙是強襲科的模範生啊。

我對累得半死也要從窗戶送我一個飛吻、目送我離開的可愛理子苦笑一下後……

蕾姬忽然不發一語地拉著我的袖子，催促我離開了。

我們就這樣接著來到第一女生宿舍前的溫室——

「恭賀你榮獲學校指派！工作要加油喔！小金！」

白雪聽到任務的事情後，像個好老婆一樣幫我整理著領帶。

身兼園藝社社長的白雪，或許是因為她也會用蝴蝶做為自己的使魔還是什麼的，而正在幫牠們澆著花……在她背後的一片山茶花，看起來跟她非常搭配。

看來就算是穿著水手服，大和撫子還是很適合日本花啊。

話說，像這樣就近一看……果然不管看過幾次、不管什麼時候看到，她都是個美女呢。

在人格上也是個好女孩啊。大部分的時候啦。

「……」

我不禁在近距離下出神地默默注視著白雪一段時間。

對於跟我是青梅竹馬的白雪，除了有關女生的事情（不知道為什麼只要我說了她就會發瘋）還有爆發模式的事情之外，我幾乎不太會有所隱瞞……因此，現在的我覺得有點過意不去。畢竟我沒辦法對她說出真正的情形啊，雖然這就是命令。

不過，這也不是什麼今生的訣別啊。就原諒我吧。

雖然我會到別的學校去，但是只要妳發生任何事情，我一定會趕回來的。反正武偵證照還暫時會留在我手上啊。

我心中思考著這些事情，並注視著白雪陶醉的雙眼——

「……小金～……」

白雪則是發出宛如灑滿細砂糖的草莓大福一樣甜膩的聲音喚著我的名字，妹妹頭瀏海下的眼眸也凝視著我的臉。

她接著像是感到害羞似地露出微笑，將臉微微低向斜下方後……「唰」地忽然又把頭轉向用冷冷的視線看著我們的蕾姬，露出「看到我們的關係沒！」的表情，狠狠瞪著蕾姬。

——劈哩劈哩！

在白雪跟蕾姬的視線中間，我好像看到有火花在噴發的錯覺……

隨後，白雪又把臉轉回來，對我露出爽朗的笑容。

看來在她的心中，剛才那場莫名其妙的視線對戰被當成「本來就會是我贏」的樣子了。

「寵妾最多只可以有兩個呦。看在身為武士的仁慈上，妹妹就姑且不算在裡面吧。」

雖然我搞不懂她微微笑地說的這句像「香蕉不算零食喔」的發言究竟是在講什麼……

不過看來白雪現在對金女的態度已經變得很友善了啊。該說是臭味相投嗎？還是說個性很像。照亞莉亞的說法，似乎是「同病相憐」的樣子。

話說……白雪啊，半年前，妳——在那個人工海濱上有說過吧？說「小金會從目前在的地方消失」。

看來妳的占卜，真的說中了呢。

晚上，我們經過之前四月我的腳踏車遭到爆破時，我跟亞莉亞一起撞上的那棵櫻花樹——現在已經沒花也沒葉了——旁邊，走進位於三岔路的一家咖啡廳・薇爾德修特。

這家咖啡廳因為多半都是女生們在光顧的關係，我一直以來都是敬而遠之的……不過，亞莉亞現在似乎就在這裡的樣子。

或者應該說，我很快就找到她了。那顆明顯到不行的粉紅頭，正在跟某個人說著話。

我跟蕾姬兩個人來到她坐的桌子旁，就聽到……

「啊！遠山金次……學長。」

太好啦，間宮也在。

正在跟亞莉亞說話的這位一年級女生，是亞莉亞在培訓的戰妹。順道一提，她剛才那是把平常在心中對我直呼其名的態度不小心說出口了，不過今天我就原諒她吧。

「然後呢？什麼時候回來？」

亞莉亞似乎已經從理子那邊聽說我要去執行祕密任務的事情，於是劈頭就用這句話迎接我……

而且她還單手拿著一杯義式濃縮咖啡，裝得像我上司一樣耍帥著。噗哧！有夠好笑。

亞莉亞只要在學妹面前，就會表現出跟平常完全不同的人格，會有種想把自己扮演成「能幹女人」的習慣。

雖然她平常總是個拔槍比開口快的傢伙，但根據我的統計，只要在學妹面前，她對我的開槍機率就會大幅減少百分之五十七，子彈數也會減少百分之四十一左右。不過命中率會上升就是了。

我因為這次的話題是會惹她生氣的那一類，所以事前準備好了「拿蕾姬當護身符逃跑」的計畫。現在雖然都白費了，但是對我而言完全沒有問題啦。

「任務時間也是祕密事項，只是，會很長。」

間宮聽到我這句話之後，似乎總算理解我要去執行校外任務的樣子，而不禁喜形於色。不過我也原諒妳吧，就是多虧有妳在，蕾姬才撿回一條命的啊。

「雖然我們是搭檔，但我並沒有拘束你行動的打算。畢竟你好像學分也不太夠的樣子。不過，如果**敵人**有什麼動靜的話，我還是會聯絡你的。」

敵人……她應該是指眷屬那幫人吧。

「了解。」

至少到三月底為止，我都會陪妳一起跟那些傢伙戰鬥的啦。誰叫我們已經約定好了呢。

對了。

「亞莉亞，來絡指吧。」

我向亞莉亞要求著武偵、尤其是搭檔之間常見的一種道別方式——雙方互扣食指握手的動作。所謂的轉學，就是別離了。這算是我給她的一點小小暗示吧。

「你那是什麼意思？你要去的地方很危險嗎？」

然而，絡指在有些場合下，也是代表兩個人其中一方即將前往險地的意思……

亞莉亞似乎是把我這動作誤解成那個意思了，而不願意回應我。

「在某種意義上來說是沒錯啦……不過我要去的地方很安全。這只是前往執行祕密任務前的一種氣氛罷了。」

「我才不要呢。不吉利。」

「妳之前不是也有對我做過？」

「我不記得了。」

亞莉亞用力把臉別開，又長又亮麗的雙馬尾跟著擺動著。

看來她情緒激動時的記憶喪失又犯了。

「妳有。就在暑假的最後一天，我們要去偵探科的**屋頂**之前……」

……糟啦！因為我跟亞莉亞的個性都很倔強，結果就在鬥嘴的時候——我不小心把ＮＧ詞彙——「屋頂」說出口啦！這個詞可是會讓亞莉亞回想起她自己對我獻吻的那件陰影回憶的！

就在我忍不住臉色發青的同時……亞莉亞「咻～！」地開始飆升她的紅臉指數……

「屋、屋屋……」

抖抖抖……她發出娃娃音小聲嘀咕著，還全身在顫抖啊……！

不、不妙！這是足以毀滅萬物的「大噴發模式」啊。而且還是噴火前倒數五秒……！

我趕緊轉頭看向我的人肉盾牌──蕾姬。可是……她不見了！

她居然已經走到咖啡廳外面，把防彈門板關到幾乎只剩一條縫，然後從門縫凝視著我們這裡啊。怎麼會有這麼優秀的危機管理能力……！

「間宮！快壓住亞莉亞的手槍！」

「什麼？」

間宮雖然一臉搞不清楚狀況的樣子，卻依然還是迅速伸手壓住了亞莉亞的大腿部分。於是我接著強硬地抓起亞莉亞的小手，絡指。剩下就是要逃跑啦！

（──快跑！快跑啊金次！）

我帶著不惜彈開蕾姬的氣勢，用全身撞開防彈門板來到屋外後，就從背後聽到亞莉亞火山「轟隆！」一聲爆發的聲音，以及間宮悽慘的尖叫聲。

連道個別都必須要搏命，這就是神崎・H・亞莉亞。

話說，亞莉亞小姐啊，拜託您把爆發系統的關鍵詞彙改成平常比較少用的詞吧……我說真的。

十一月最後一天，下午五點。

教務科傳來一通正式的聯絡，於是我跟蕾姬就這麼被東京武偵高中退學了。

接下來我們就是要遵照命令，宛如消失般離開學校。

我到了最後一天也依然努力讓自己過得像平常一樣。不過，這一切也都結束了。

不知不覺間，在武偵高中的生活已經變成了我的日常。但所謂的日常生活就是一種很脆弱的東西，如此輕易就會被破壞了。一半是因為自己的原因，一半是因為大人的原因。

（跟這棟校舍，也頂多到今天就要道別了啊……）

不論是我心中這麼想著並抬頭仰望的偵探科，或是半路上經過的強襲科，都莫名地讓我有種懷念的感覺。

永別了，曾經共赴險地的同學們。雖然當中幾乎都是怪人，不過各個都是好傢伙啊。

再見了，學生餐廳。就算飯再怎麼難吃也讓我一路溫飽啦。

最後，為了走過不留痕跡而大掃除過的……第三男生宿舍的、我的房間。

所有的一切，縱然倉促，不過咱們就此別過啦。

在寒冷的海風吹拂下，我提著簡單的行李……站在學園島的北端，浮島北車站的月臺上。蕾姬，以及艾馬基也在一旁。

其實，我跟蕾姬當初在武偵高中入學考試的那天，就是在這地方第一次認識的。

而如今，同樣的兩個人則是為了離開而站在這裡。命運還真是奇妙啊。

因為單軌列車上空蕩蕩的關係，於是我們就面對面坐到四人座的包廂座位上。

蕾姬將收納了經過拆解的狙擊槍的箱子放在自己大腿上……不知道為什麼，總覺得她看起來好像有點開心。

雖然她的雙眼依然毫無表情，不過已經不像平常那樣恍神，而是筆直地看著我。

而我則是一邊眺望著空地島上的風力發電機，一邊開口：

「話說，蕾姬，妳名字要怎麼辦啊？雖然武偵高中因為很隨便的關係，學生就算沒有姓氏也沒差。但是一般學校可沒辦法這樣喔？」

「請問『遠山』怎麼樣呢？就當作是金次同學的妹妹。」

「拜託不要吧。我現在已經忽然多出一個妹妹啦。妳至少假名也自己取一下吧。」

「那麼請金次同學幫我取一個。」

「我就說不要了啊。」

「那就矢田好了。」

不要（Yada）→矢田（Yada）……這傢伙也太隨便了吧？

到頭來還是變成我幫她取了嘛。唉，算了，沒差啦。

「……還有，住的地方。雖然今天是車輛科的江戶川老師會幫我們訂飯店，可是妳明天開始要住在哪裡啊？」

我雖然有說過我會回去巢鴨的老家，可是我沒聽蕾姬說過有關她新住處的事情。

「……」

蕾姬目不轉睛地凝視著我。

呃……矢田同學，妳該不會是想來我家吧？

「……」

哎呀……雖然這不是因為我輸給她無言的壓力，不過我想那樣應該也好吧？

畢竟巴斯克維爾小隊現在的戰力已經被分散了，要是再分得更開，發生什麼萬一的時候就很危險啊。

我們坐著單軌列車，來到漸漸變得一片聖誕氣氛的台場。

背對著武偵高中，我小聲說道。

「走吧，蕾姬。」

就在蕾姬對我點頭的同時——今年的初雪開始飄落了。

隨後，我們來到指定的考試會場……一間與我們轉學的新學校有合作的升學補習班，接受了一場只有兩名受考生的入學測驗。至於成績嘛，我想應該不值一提吧。

尤其是面試的時候，我根本就是支支吾吾的，害我都忍不住開始擔心將來有沒有辦法就業了。

不過，從只會回答「是」或「不是」的蕾姬也能通過面試的這一點看來，我們兩個人應該都是靠著校長的關係而安然通過考試的吧？

（在某種意義上，這也是武偵高中給我們的餞別禮啊。）

我進到飯店狹小的單人房後，便整個人躺到床上了。

雖然跟大家的道別，到最後都變成是在敷衍應對了……

不過畢竟自從大哥失蹤之後，我就一直都期望著可以離開武偵高中啊。

縱使理由隨著時間而有了一些變化，但是我這份想法一直都沒有改變。而現在，我要實現我的願望了。

我已經不用再過著因為參加危險工作而受傷的日子，也不會像大哥那樣遭到社會大眾的批判。更不用擔心哪一天自己會被算入受訓死亡的那幾個百分比之中啦。

（一般的、高中……）

究竟是個怎麼樣的地方呢？還真是期待啊。

我自從小學以來，就沒有再上過所謂「普通的學校」了。就連我高一時進行潛入調查的那間學校，也是一間莫名高貴的菁英學校啊。

話雖如此，我平常還是會從新聞節目中、日劇中或是甲子園棒球比賽中隱約看到所謂的「一般學校」。

那真的是……像夢境一樣看起來很愉快的地方、充滿各種希望的地方。

大家開心地從事運動、參加社團培養興趣、跟朋友們玩耍、打扮自己的形象、沉迷音樂之中，或是盡全力奮發念書。可以學習到正經的學問，未來成為出色的社會人士。一般學校根本就是充滿優點的夢幻國度嘛。

畢竟社會大眾都會讚頌著「高中時代是一段青春洋溢的時期」之類的話啊。青、青春這種東西，我一直以來都覺得自己沒有緣分，而一路放棄過來了。

然而，從現在開始的我，還是有機會的。

我雖然不清楚自己可以做到什麼，但就算是這樣子的我，也一定能無條件地找到屬於自己的幸福啊。

我不禁開心得傻笑起來，又忽然覺得自己這樣有夠丟臉，而趕緊用棉被蓋住了頭。

真期待……真是太期待了。我的春天終於也來啦，雖然季節上是冬天啦。

2彈　普通人・金次

十二月一日。從今天開始，我就是普通人了。

隨處可見、就學於普通學校的平凡高中生。

蕾姬也是既沒有拿狙擊槍、也沒把艾馬基帶在身邊、耳機因為違反校規而拿下來、纖維製的西裝制服意外地適合她，看起來讓我感到很新鮮……我也必須要趕快習慣才行。

入學第一天來到的東池袋高中，給人的感覺就是一間非常普通的學校。

這才叫一般學校啊，真是太棒了，跟宛如祕密基地一樣的武偵高中校舍簡直是天壤之別啊。

（雖然唯獨男女同校這一點讓我不太能接受，不過也別要求太多了吧。）

我抱著緊張的心情，穿上全新的室內鞋，走進校舍——視線還是忍不住會習慣去尋找可以拿來當遮蔽物的柱子，但這種行為已經沒有必要了。

在走廊上嬉戲的學生們，也一點都沒有煙硝味，更不會給人一種對作戰相關的特技深藏不露的感覺。在這裡，我可以不需要看到每個人都想著「要跟誰組隊、要怎麼生存下去」之類的事情。

（這就是我夢寐以求的和平世界啊……！）

太棒了，終於讓我到手了，我總算開始體驗到這種感覺了。

我帶著充滿期待的閃亮眼神，走進既沒有刀劍、也沒有槍械的教職員室——

被分配到二年二班的我，就這麼跟被分配到一班的蕾姬短暫分別了。

帶著我走向教室的班導……是一名似乎綽號叫「金剛」的體育老師。這綽號我是靠讀脣術，從一旁經過的學生對話中得知的。他雖然給人的印象不算親切，但是跟那個徒手就能將巴士扳倒的前體育老師（蘭豹）完全不同，只是個普通的大叔罷了。

我們走了一段路後——

金剛「喀啦喀啦」地拉開二班教室的滑門。

於是我跟在他後面，走進吵雜的教室中……

「早晨班會開始啦，給我安靜點。首先，今天要跟大家介紹一名轉學生。」

金剛口中說著像學園劇臺詞一樣的話，然後像學園劇一樣拿起粉筆，像學園劇一樣在黑板上寫下我的名字……

『遠山金次』

新的同班同學們紛紛將視線集中到我身上——

「有問題的話等一下再舉手。遠山，你首先自我介紹一下吧。」

我被金剛這麼一說，於是……

「是、是的。呃……我叫遠山金次，請多指教。」

武偵在不特定多數人的面前，不可告知太多關於自己的情報——這個被徹底訓練的習慣不小心又冒出來，結果我背對著黑板道出自己的姓名後……就這麼結束自我介紹了。

然而，在一般學校似乎不會那麼輕易就被放過的樣子，臺下的同學們紛紛開始舉手發問了。

就在我感到不知所措的時候……

「表演個什麼東西來看看吧！」

一名男生忽然說出了這種話。

這種喜歡強人所難的傢伙，真的不管到哪裡都會有啊。

不過，這下我可困擾了。

在平常狀況下的我，能夠表演的頂多就是白雪大為稱讚的「蝴蝶刀連續開閉」而已。

但是持有刀械好像會違反校規的樣子，所以我根本沒帶在身上啊。

「那個……我沒什麼可以表演的東西……」

我微微撇開視線這麼回答後……

「興趣呢？」

「呃、沒什麼特別……就是看看電視播放的電影之類的……」

「會什麼特技嗎？」

「特技……也沒有……」

我不斷被提出一堆沒辦法回答得很有趣的問題。

於是，大家都開始感到很無趣了。

我這個人……原來這麼無趣啊。哎呀，雖然我早就知道了啦。

班會結束後——

金剛對坐在我隔壁座位的女孩子說了一句「關於學校的事情，如果遠山遇到什麼不清楚的問題，就告訴他吧。」之後，便離開了教室。

而遵照指示坐到靠窗邊最後一個座位的我……那名女孩子忽然就露出笑臉說道。

「老師也交代過了，如果你遇到什麼問題的話，就問我沒關係喔。我叫望月萌，是班上的班長。因為其他班上也有一位叫望月的同學，所以大家都叫我萌喔。」

她這善良體貼的講法，就好像是在安慰剛才自我介紹失敗的我一樣。

話說，她長得好可愛。這真是太不幸了。對我來說的話啦。

「哦哦，好。」

「那現在有什麼問題嗎？」

她一頭滑順的秀髮剪成鮑伯頭的髮型，雖然顏色帶有一點褐色，不過從眉毛看來，那應該是她原本的髮色。雙眼皮的眼睛，白皙的皮膚，身高一五八公分。縱使沒有到白雪或中空知的程度，也算得上是很健康的魔鬼身材。

我因為偵探科時培養出來的習慣，將她的外觀分成各個部分進行分析後……

「不……沒什麼問題。」

我頂多就只能跟她進行這樣的對話而已了。

這不只是因為我本來就很不擅長跟女生交流，另外也是因為——該怎麼說呢？她實在是個太普通的好女孩了。

……**太耀眼**了。

總覺得被刀槍汙染的我，不應該跟這女孩扯上什麼關係啊。

另外，因為在武偵高中不管男女都是一堆怪咖，所以我在團體中嚴格上來講應該是擔任吐槽的角色。而大概就是這樣的習性根深柢固的關係，讓我很難正常的跟普通的女孩子說話啊。

除了萌以外，在上課之前的這段短暫休息時間中，還有其他幾個男生也跑來找我說話。

然而，我依然因為同樣的理由而沒辦法好好跟他們對話。

於是對方也漸漸感到有些無趣……最後留下一句「哎呀，總之有機會的話再一起去玩吧。到時候再約你。」之後，就離開了。

一般學校的課程實在是有點難。

我不禁深切感受到武偵高中的程度之低，但是不努力也不行啊。畢竟從今以後，比起手槍的知識或跟蹤術之類的東西，微積分的方程式絕對會對我更有幫助的。

我在心中一邊如此勉勵著自己，一邊聽著老師朗讀古文課本上的文章：

「妾生於偏遠之鄉，遙過東海道盡頭……」

就在這時……

——喀嚓！

（——S&W M19左輪手槍、4英寸槍管版！）

我的斜後方忽然傳來擊錘被扳起的聲音——！於是我趕緊轉過頭去。

但那其實只是班上同學把金屬製鉛筆盒關起來的聲音罷了。

也、也太容易讓人誤會了吧？在武偵高中的話，那種東西可是因為有造成誤射的可能性，而被校方指示要減少音量的啊。

呃……不妙，好幾個人都露出「？」的表情在看我啦。就連坐在旁邊的萌也是。

「……」

於是我將無意間伸向根本不存在的貝瑞塔的手縮回書桌上……裝作什麼都沒發生過似地，把視線又轉回課本上了。

然而，或許就是因為剛才那一下讓我神經整個緊繃起來的關係，結果像是書桌跟椅子「喀唰」的摩擦聲、螢光筆拔開筆蓋「啵」的聲音、遠處傳來工程電鑽「噠噠噠」的聲音，等等等等……我都聽成Jericho941、MK3A2、MP5A4……手槍敲擊聲、手榴彈拔栓聲跟衝鋒槍連射的聲音了。

而我總是會反射性地對那些聲音提高警戒——

結果就在我努力壓抑著身體動作的同時，額頭上開始冒出冷汗了。

冷靜下來啊，金次。那些只是日常生活中普通的聲音罷了，你現在只是普通的高中生啊。已經不會有子彈從一旁飛來的狀況了，不需要去在意那些事情，給我專心上課啊。

到了午休時間，我本來是打算去看看蕾姬的狀況……

可是就因為剛才的那些聲音害我徹底感到疲憊，而沒有那種餘力了。

我拖著宛如強襲作戰結束後的疲憊感，到合作社買了甜麵包跟牛奶，坐回自己的座位上把它們吞進胃裡。

「……」

因為我不擅長主動找人說話的關係，於是默默地聽著周圍的對話聲——

結果大家正在談論的話題，著實讓我感到驚訝。

電視節目上二線藝人的話題、最近流行的減肥方法、對麥當勞漢堡的喜好、上課中偷偷看手機的方法、某個遭到停學處分的人要回到學校而感到討厭之類的惡言惡語……

全部都是閒聊、閒聊，僅此而已。

呃，在武偵高中也是會有這一類的對話啦，但那些都只是毫無意義的閒話而已。只是在同伴之間的交流中，扮演像生魚片料理中配料的角色罷了……大家主要的話題都是裝備與資金、任務與戰鬥等等。

那些都是關係到將來自己要怎麼存活下去，不，是要怎麼生活下去的現實話題。我們都很認真地在談論這些話題，畢竟那是非常重要的事情。

然而在這間教室中，首先，我根本沒聽到有關工作的話題。頂多就只是拿來賺零用錢的打工程度而已。大家的對話都只維持在表面，到處都感受不到在談論重要事項的氣氛。真的就像是花圃中的輕鬆閒聊時光。

也因為這樣，我入學第一天就開始感受到自己沒辦法融入大家的感覺了。

該怎麼說呢……

周圍給我的印象都是年幼而受盡保護的孩子們。

學校給我的印象就像是又小又窄的溫室一樣。

我雖然很清楚自己必須要適應這樣的世界觀才行，但還是因為沒辦法立刻做到而感到焦急……

在一旁，身為班長的萌露出有點擔心的表情，看著那樣的我。

到最後，我還是沒有跟任何一個人說到話，就來到放學時間了。

……超累的。我明明就只是默默地坐在座位上而已的說。

或許是因為萌去勸說的關係，是有一群男生跑來邀我去ＫＴＶ啦——

可是我卻因為實在太累的關係而婉拒了。我真是個白痴。

我就這麼陷入自我厭惡之中，離開了教室……一邊感受著因為沒帶裝備而感到奇怪的平衡感，一邊走下樓梯。

在牆壁的公告欄上，貼的是「勤加漱口，預防流感」等等象徵著和平的海報，而不是像「禁止違法改造槍械」啦、「已嚴懲對教職員留守室進行竊聽之學生」啦、「美軍外流裝備大拍賣！」之類充滿火藥味的傳單。

正當我彷彿看到什麼異世界般凝視著公告欄的時候……嘶……

「——嗚！」

我忽然感受到有人從背後偷偷靠近的氣息，而立刻做出反射動作——「啪！」一聲先發制人、準備用手刀攻擊對方的喉頭……

「……！」

又趕緊停下動作了。

結果我的手臂吹起的風……輕飄飄地——

微微吹起了望月萌那頭看起來很柔軟的秀髮。

「……？……？」

雙手提著書包、身體微微前傾的萌……因為剛好眨了一下眼睛，而我也偶然反應得比較快的關係——

「抱、抱歉，因為有小蟲在飛的關係，那個……我把牠趕走了。」

所以這樣的藉口就成功蒙混過關了。

「遠山同學在之前的學校是參加什麼社團呢？」

或許是對我這個在奇怪的時期轉進來的神祕轉學生感到好奇吧？萌一邊跟我一起換著鞋子，一邊向我搭話。

「呃……沒有，我沒特別參加過什麼社團。」

「那有學什麼才藝嗎？」

萌也真是好奇心旺盛啊。

不對，這應該是因為她身為班長的責任感吧？她因為發現我入學早早就開始有被孤立的傾向，所以才會想要做些什麼事的。畢竟金剛也把我的事情塞給她負責了。

（我現在很累啊，真希望她能暫時不要管我的說……）

話雖如此，但剛才我差點折斷她纖細脖子的事情讓我也感到很愧疚。

於是我只好讓她就這樣跟在我的身邊了。

「我呀，參加的是家政社喔。雖然裡頭都沒有男生啦……遠、遠山同學會做料理嗎？」

哦哦，原來她是在招募社員啊。

但是，為什麼講到我名字的時候要忽然把視線低下去？

又白又嫩的臉頰也好像有點泛紅呢。

難道在一般學校，光是要拉人進社團就那麼需要勇氣嗎？

「呃，只有女生的社團有點……我會很困擾。」

「啊！說、說得也是呢。果然是那樣呢。」

就在萌垂下她有點粗的眉毛，露出害臊的表情時——咻！

一陣寒風吹過，輕飄飄地……

（……嗚……）

她身上那件跟典型制服夾克很相配的格子裙被微微掀起來，於是我趕緊把視線移

開了。

「討、討厭，這風真是的，嚇了我一跳。」

武偵高中的女生們無時無刻都會露出來的大腿稍微見個光，萌就表現出很害羞的樣子。

而我的臉也有點紅起來了。怎麼會有……看、看起來那麼柔軟的大腿啊。

那絕不是因為她胖的關係。應該是她肌肉跟皮下脂肪的比例，和武偵高中的女生們不一樣的關係吧？

該怎麼說？就是感覺很豐腴水嫩……跟武偵高中的女生們比起來，讓我有種新鮮的感覺……

（……等等！金次！不准去想這種奇怪的事情啊！）

我之前在武偵高中……雖然也不能說完全沒引起過問題，但至少不是因為這樣被退學的。這點校長也對我保證過了。

然而在一般學校，要是我做出什麼問題行為（爆發模式）而遭到退學的話，我就會變得沒有容身之地啦。

我在這裡也要謹慎注意才行。對我來說，女孩子是很危險的。

我跟萌走出校門後，就看到在各種意義上都很危險的女孩子——蕾姬呆站在路上等著我。

在她的書包上……就像普通的女生會掛一些布娃娃一樣，她掛著從狙擊槍上拆下來的瞄準鏡……不過哎呀，一般人應該看不出來吧？

另外，艾馬基也像一尊石獅子一樣乖乖坐在她的身邊。

蕾姬戴著她似乎還是有帶到學校來的耳機，對跟在我身邊的萌稍微瞪了一眼後——又用一雙感覺好像是在責備我的視線看向我。那是在搞什麼？

「蕾姬，妳那邊怎樣？」

「沒什麼問題，金次同學呢？」

「我也沒有。」

短短五秒，無口女與陰沉男的空虛對話就結束了。

話說回來，我明明就累個半死了……蕾姬好像看起來一點都沒事啊。

她雖然本來就不太怕累，不過看來她對精神上的疲憊也很有耐性的樣子。真不愧是狙擊手。

接著，蕾姬又有點不悅地瞪向萌，結果……

「啊、呃、那就再見囉……遠山同學。」

萌忽然露出莫名沮喪的表情後，離開了我們眼前。

我跟蕾姬並肩走在路上，就看到放學路上的學生們都一直在偷看我們。

兩人一組行動有什麼好稀奇的？這不是個人危機管理的基礎嗎？

看來一般學校的世界真的充滿了我不知道的事情啊。

而就在我們來到距離學校有點距離的明治大道上時……

「——真不愧是金次同學，手腳真快。」

蕾姬難得主動對我說話了。而且還是跟剛才一樣，用責備似的眼神看著我。

「……妳是在誤會剛才我跟萌的事情嗎？那是那傢伙擅自跟在我身邊而已啦。」

我雖然這樣回應蕾姬，可是她卻一點反應都沒有。

這傢伙看苗頭不對就裝作沒聽到了啊。

「話說回來……妳覺得妳交得到朋友嗎？我是看起來很難啦。」

「我已經交到朋友了。」

聽到她這句話讓我嚇了一跳。仔細一問，蕾姬似乎在班上女生之間的評價是「好可愛、好可愛」而大受歡迎的樣子。看來她是被當成不說話的小動物而飽受寵愛。甚至好像被女生們邀請，而已經加入美術社了。

（原來我的普通人等級連蕾姬都比不上啊……！）

就在我不禁感到錯愕的時候……蕾姬默默地走向位於路邊的投幣式寄物櫃，從細長型的寄物櫃中拿出了一個行李箱。就是裝有她的朋友——德拉古諾夫的箱子。

「我說妳啊……不要把那種東西放在這種地方行不行？還有，也不要把艾馬基帶來啦，讓牠留在家裡吧。要是牠亂咬人的話，可是大問題一件啊。另外，也別把刺刀帶來喔？那可是會違反校規的。」

光是書包就感到沉重的我，單手將書包掛到肩後這麼說著。於是——

「我明白了。但是……」

「但是什麼？」

「請金次同學嚴加戒備。我感受到跟風有關的人物出現在附近了。雖然我認為那完全只是偶然，但對方距離我們並不遠。」

出現啦。「風」。那鬼東西又出現在蕾姬的心中了啊？

不過我見苗頭不對，就當作沒聽到了。算是對剛才的報復吧。

我可是為了努力成為一名普通人，甚至不惜離開原本的學校啊。

所以那一類的話題只要保持最低限度就好了。沒必要扯上關係的事情，我是絕對不會出手的。

對我來說，現在最重要的是學校的成績，還有人際關係啊。

我從今天開始要住宿的老家，位於稍微跟ＪＲ巢鴨站有點距離的地方。

從東池袋高中來看的話，勉強算是可以徒步上學的位置。

武偵高中應該也是因為知道這一點，才會把我指定到這間學校來的吧？

我們走過商店街的邊緣，來到建有許多古老透天厝的住宅區。與小巷中玩著投接球的小孩子、騎著腳踏車巡邏的警察，以及雜種的流浪貓擦身而過……轉過一間寂寥的香菸店所在的轉角處，通過一間木材行門前……再稍微走一段距離，就看到一間日式建築，正是我的老家。雖然外觀老舊，不過非常寬廣。

（好久沒回老家來了啊。）

就在我轉過轉角，準備走向家門的時候——

「喂，老頭，街道我已經掃好啦，快教我奧義啊。」

我看到一名穿得像搖滾歌手的男子說著這樣一句話，走進我的家門……等等……

（剛、剛才那是……G……GⅢ……！不、怎麼可能？這是怎麼回事……！）

正當我懷疑自己看錯而揉著眼睛時……

「你這小子根本沒搞懂什麼叫社區互助啊！」

我那位穿著和服、披上袢纏（註2）的爺爺——遠山鐵，「啪！」地用木屐敲了GⅢ的頭一下，把他又趕回門外後，自己也走出家門。

「去把對面左右三戶鄰居的門前也掃乾淨！下次沒做好就是鐵拳伺候啦！」

註2 日本和服中用來防寒的半身夾克。

「呿！」

面對頂上的平頭已經徹底斑白而步履蹣跚的爺爺，那個個性凶暴的GⅢ也只是咂了一下舌頭……就乖乖聽話地又拿起掃帚了……

另外，在圍籬的另一邊，拿著木棒伸向庭院中柿子樹的人影是——

「好一顆牛奶糖色的柿子呢！」

穿著武偵高中水手服的、金、金女……！

碰！

感到全身無力的我，別說是垂頭喪氣，根本是當場跪到地上了。

「你、你們這兩個傢伙……為什麼會在這裡啊……」

比起對爺爺的招呼，我首先開口就是一句非常理所當然的疑問。

「——呦，這不是老哥嗎？我才想問你怎麼會在這裡勒。我是來家庭體驗的啊。」

「哥哥說話真不合理～做孫女的不可以到爺爺家來嗎？啊，不過哥哥放心，我沒有跟亞莉亞她們說喔。畢竟家族團圓的時候，我不想被外人打擾呀。」

我的老弟跟老妹，用美國人特有的直爽態度回答著我。

看來……我是被GⅢ監視了啊。利用美國的偵察衛星或是通信監聽系統之類的。

然後，再經由GⅢ↓金女的途徑打小報告。

這兩個人明明上次道別的時候吵了那麼嚴重的架……不過看他們現在這樣子，大概是後來又和好了吧？

不是「大概」，應該是「絕對」。而且還是用我當話題的材料。

（這狀況……也太出乎我預料了吧……）

不，這種事情，一定不管是誰都料想不到的。

堂堂前任美國大總統護衛官的人工天才，居然會在巢鴨掃除街道。

我對隔著圍籬向我拋媚眼的金女也嘆了一口氣後，站起身子……

跟警戒著GⅢ的蕾姬一起走到家門前，對爺爺短短說了一句：

「……我回來了。」

「唔，你回來啦。」

爺爺他……好像很開心地，對我笑了一下。

光是這樣，就讓我不禁感到「回家真好」了。

然而，爺爺立刻又接著問道。

「──嗯？這美人胚子是金次的『那個』嗎？」

他露出一臉色鬼的表情，豎起自己的小指，打從心底開心地看著蕾姬的臉。

「呃不，該怎麼說？是這傢伙擅自跟著我來的……」

「嗯──年輕姑娘真好啊。嗚嘻嘻，有薄荷的香味兒，就叫妳小薄荷吧。」

爺爺驅使著他那似乎也有遺傳給我的敏銳嗅覺，聞著蕾姬身上的香味。忽然──

「哎呀金次，你回來啦。哎呀哎呀，好可愛的女孩子呢。」

——碰磅！

不知道是什麼時候出現的，遠山雪……我的奶奶，在說話的同時，一記短拳就打在爺爺身上。

爺爺當場「哦噗！」地發出不成聲音的聲音，一口氣撞到對面的磚瓦圍牆上。喀啦、喀啦啦……被衝擊撞壞的圍牆，就這麼把爺爺埋在底下了。

（這是……秋、「秋水」……！）

我還是第一次見到遠山家奧義之一的這招，竟然還是在如此意外到不行的情境下。

衝擊的力道——也就是打擊力的強弱，實際上是取決於衝撞物體的重量與速度。

因此，在拳擊之類的場合，人們常說要「盡可能將體重放到拳頭上」。而這招秋水，就是「將**全身重量**毫無保留地放到拳頭上」的招式。

這樣一來，想想會怎麼樣？就是連短拳——幾乎沒什麼動作的打擊——都可以發揮極為強勁的打擊力，造成像爺爺剛才那樣彷彿被車子撞到一樣的效果。

在中國拳法中，也有發展出類似的招式，叫做「寸勁」。而秋水就是那個招式的極限版。簡單來說，就是乍看之下像拳擊，但實際上是極度技術化的**全身撞擊**啊。

另外，根據大哥以前對我做過淺顯易懂的解釋是——

只有八公克重的九毫米帕拉貝倫彈之所以能產生巨大的衝擊，是因為它速度極快的關係。**雖然輕，但是快**。

而秋水的情況就是完全相反：**雖然慢，但是重**。就算是奶奶的體重，少說也有四十公斤，是子彈的五千倍。如果能將那些重量集中到拳頭上，一口氣進行撞擊，就只需要一點點速度便能產生強勁力道了。

哎呀，雖然我對這招原本也只是知道原理而已啦……

光靠原理，連蟲子都殺不了。而現在，多虧爺爺偉大的犧牲，讓我見識到了實際出招的樣子，也總算抓到實踐上的訣竅了。不知道我辦不辦得到這招啊，在爆發模式的時候。

「喂，老頭！你這不是害我又要打掃了嗎！」

GⅢ大聲怒吼著，而奶奶則是也不理會他們的樣子……

「進來吧，金次。家裡有金花的『什錦菓子』喔。小薄荷也進來吧。」

說著，她就將雙手放回駝背的腰後，悠悠哉哉地走進屋裡了。

奶奶……妳是聽說我要回來，特地去買什錦菓子的啊？

雖然我小時候確實很喜歡吃啦。看來在奶奶眼中，我現在依然還是跟以前一樣呢。

不，或許不管過了多久，在爺爺奶奶的眼中我都是小孩子吧？

「哎呀——老子都不知道金叉居然會有私生子啊。」

「我想老爸自己應該都不知道吧。現在大哥也還活著，咱們變成四人兄妹啦。」

在暖桌邊，我跟爺爺一邊吃著奶奶端出來的豆菓子，一邊聊著天。

順道一提，爺爺他毫髮無傷。

而這部分的原理，我也能明白。畢竟我也是每天承受著亞莉亞的家暴，所以唯獨在耐久力上有長足的進步啊。簡單來講，這就是容易惹女性生氣的爆發模式體質，所帶來的一種副作用啦。咱們家一族就是特別耐打啊。

題外話，奶奶她在嫁入遠山家之前，據說是某個戰鬥民族（不知道為什麼，她不願意詳細告訴我）的子孫。因此對於遠山家的武術，她也已經很精通了。

（……只能祈求這不要對金女造成什麼壞影響啊……）

我的老家包括現在這間爺爺的房間在內，全部都是和式房間。

門框上裝飾著爺爺軍人時期的照片，壁龕中掛著古色古香的掛軸，還擺著奶奶的插花。總覺得那盆插花跟白雪的風格好像，或許是同一個流派吧？

「……」

小薄荷——蕾姬也乖乖跪坐在暖桌邊，將膝蓋伸到桌下。但她完全就像是個房間裝飾品，或是一尊等身大的公仔，動也不動。

一方面也是因為那樣的蕾姬所釋放出的壓迫感，讓我們家族間的對話微妙地聊不起勁……

「嗯——看來周末的賽馬場地會有點溼啊。」

結果身為現在沒什麼客人會光顧的推拿師（兼賽馬賭客）的爺爺，就拿起賽馬報紙來看了。

而心中覺得至少也該談談正題的我，決定將在電話中只有輕描淡寫帶過的事情提出來。

「爺爺，那個、關於學校的事情……」

然而，爺爺依然頭也不回地看著報紙說道。

「不必多說了。學校這玩意就跟車子一樣，你要換一臺也行，不想換也罷。金叉小時候也是老受同窗欺負，哭個不停。老子的成績也都只會拿到丙或丁。咱們遠山家的男人，就是跟學堂兜不攏啊。」

聽到他如此寬容的一段話，於是這個話題也就此打住了。

（沒想到被人稱為「魔鬼檢察官」的老爸，過去居然是個愛哭鬼啊？真是世事難料呢。）

就在我想著這些事情，沉默了一段時間後……蕾姬忽然站了起來。

「妳要去哪？」

「洗手間。」

「啊……我們家的廁所是和式的喔。妳會用嗎？」

我姑且提醒了蕾姬一下，不過她也只是對我點了點頭而已。

接著，等到蕾姬的腳步聲遠去後——

爺爺一邊用紅筆在賽馬報紙上畫著圈，一邊小聲呢喃。

「……是狙擊手吧？」

感覺爺爺體內似乎有某種開關「喀」一聲被打開的樣子。

「是啊，真虧爺爺會發現。」

「方才，老子聞到那姑娘身上有那種火藥味兒啊。」

原來爺爺剛才那個……並不是單純在對蕾姬性騷擾啊？

「雖然臉蛋可愛，但老子敬謝不敏啊。狙擊手，很難對付的。」

「是啊，我也有同感。」

畢竟我也曾經徹底輸給蕾姬過啊。

「話說……GⅢ跟金女是怎麼跟爺爺說明他們的事情啊？」

雖然針對這件事我也想聽聽詳細的說明，然而爺爺依然是……

「——老子沒讓他們多說，畢竟他們一副就是要編故事的樣子。不過，老子看一眼就知道了，那兩個孩子跟咱們家有關係。而且鍛鍊得很精幹，哥哥主攻拳，妹妹主攻刀。」

「真厲害……光看就知道啦？」

「你也是一樣啊，金次。」

爺爺忽然像是要稱讚我一樣笑了一下。

「看起來很有男子氣概啦。想必是經歷過各種難關，越過死線活過來的。」

「……呃，確實在各種意義上都可以那麼說啦。」

我不禁苦笑了一下。

「你這小子，總算笑了。老子看你今天一整天應該都沒笑過吧？」

爺爺甚至連這種事情都看穿，接著自己也笑了起來。

確實……比起學校的同學們在聊的搞笑藝人話題，現在這種話題還比較能讓我感到適應啊。有一種「原本的自己」的感覺。

但是──

我要變成一名普通人才行。我已經下定了決心，也已經走到這裡了。

所以其實，我是不可以因為這種話題而聊得很開心才對的。

「話說回來，金次。你明年就是十八歲……也差不多到了可以學『春水車』的年紀啦。」

「呃、春水車？那是什麼？」

聽到我這麼一問……爺爺先是確認了一下奶奶在煮飯的聲音後……

「遠山家的密技之一。招式啊、招式。」

他壓低聲量說道，並收起報紙，從壁櫃的深處拿出了一個保險箱。

老實講，我應該要開始過著跟戰鬥招式無緣的生活才對。可是……

（就連對奶奶都要保密——而且藏在保險箱裡的、招式？）

究竟是什麼？我忍不住感到有點興趣了。

爺爺「喀喀喀喀、喀擦」地打開保險箱後……

「這就是你爺爺的爺爺利用當時的版畫開發出來的春水車，經過老子將它進化成照片版的招式。光是要做出這玩意就很花時間，老子可是從戰前就一路在收集啊！」

他從保險箱中拿出來的東西，是大量的……

……寫、寫真雜誌與泳裝寫真集的、剪貼冊……！

「看啊，這姑娘的身材像不像星伽家的那個娃兒？嗚嘻嘻！還有這邊是洋妞，這邊是童顏系列。像這樣進行分類，就是春水車的關鍵。畢竟男人心中對女人的喜好會隨時間而改變，偶爾又會想回味過去的嗜好。所以要先預測到這一點——將春書進行分類、典藏，隨著自己的心情周旋於各種女體之間，就有如旋轉水車一樣！」

怎、怎麼會是這樣……！

這麼說來，我完全忘記了。爺爺可是一名徹底的美女寫真宅男啊。

都已經這把年紀了，居然還在玩這套……！

「所謂的春書，隔一段時間後再拿來欣賞，又會有一番新鮮的滋味。就算覺得看膩了，也要切記不可丟棄啊。」

經過數十年歲月精挑細選出來的數本美女寫真——宛如什麼夢幻情景般被攤開在榻榻米上。

「住手……快收起來啦！」

雖然我因為沒興趣而從來都不知道，但原來這種東西——像、像這樣一本本攤開來欣賞，就會有種「任君挑選」的感覺，而更加危險啊！

「金次你也很快就會到可以光明正大購買成人商品的年紀了。近年來也有動畫可以挑選，你們這個年代甚至還有叫『二次元』的大礦山可以開發。金次！你要努力讓春水車達到更高的境界，並且永遠將它做為你的嗜好，隨身攜帶播放裝置鑑賞啊。」

「我才不要勒！」

我不經意地瞄到那個確實有點像白雪的大姊，穿著泳裝擺出撩人姿態的照片，不禁徹底慌亂起來了。

「小子！不准把視線避開！遠山家的男人要能隨心所欲地『返對（Hentai）』才算得上是獨當一面啊！」

所謂的「返對」，就是爆發模式的古老稱呼。

但是因為念起來跟「變態（Hentai）」一樣，所以大家都不喜歡，而取了別的稱呼方式。然而爺爺卻總是堂堂地用這個名字在稱呼。

「年輕的姑娘雖然不差，但女人終究還是要過二十才有韻味兒。你瞧瞧，嗚嘻嘻。」

爺爺一邊說著，一邊像玩紙牌一樣把大量的照片攤在地板上……

這人還真的是，不管過了多久都不會變啊。

至於學校方面——幾天過去之後，狀況依然沒變。

第二學期已經接近尾聲，班上的男生們都早已成立了自己的小團體，而我則是任何一個團體都沒有加入。因此，我每天都過著跟男生們沒講到什麼話的日子。

而萌也是，自從她看到我跟蕾姬一起放學之後，總覺得她對我的態度就變得有點距離了。

（今天也是，一個人都沒講到話啊……）

我原本懷抱著夢想與希望而進入的高中——現在卻莫名地變成一個折磨我精神的場所。

尤其是午休時間，讓我特別難受。

畢竟我不能沒事就盯著別人看，卻又不想像蕾姬那樣看著虛空發呆。結果我就反覆看了好幾次麵包空袋子上的成分列表。我到底是在幹什麼啊？

所以說，今天我打算去找一個教室以外的場所，來度過午休時間——

我在校內徘徊了一段時間，卻發現不管到什麼地方，都會看到三五成群的學生集團。

要我加入他們，卻什麼話都不說地坐著，也太奇怪了。

（到處都沒有我的容身之處啊……）

我在武偵高中的時候，就被綴說過是個「缺乏社交性」的人。而這個缺點，現在都表露無遺了。

我就這樣到處走著，最後總算發現了一個無人地帶——屋頂水塔的陰影下。於是我在那裡坐了下來。

午休時間還有三十分鐘，我該做什麼好啊？

這麼說來，根據理子以前寄給我的郵件說，亞莉亞她在讀小學的時候，因為真的是一個朋友都沒有……所以似乎有過一段裝睡度過休息時間的黑歷史。

（我也來效法看看吧，順便也可以補充一下睡眠。）

就在我想著這種無藥可救的念頭時……

我的聖域——屋頂似乎被其他人入侵了。

雖然從我坐的地方看不到，不過從腳步聲跟講話聲判斷，應該是幾名女生。

「話說遠山啊……」

嗯？她們好像在講我的話？

我是不是離開這裡比較好？可是，如果從這裡移動的話，會被她們發現的。

我總不能跨過護欄，用繩索垂降到樓下啊。

反正對方也沒看到我……我就不要輕舉妄動吧。裝睡就好了。

「聽說他的手臂上有很嚇人的傷疤喔，像這樣呈鋸齒狀的。我聽男生說是在體育課的時候看到的。」

「好可怕！是被什麼機械捲到的嗎？」

「總覺得那個人一定有隱瞞什麼事情。」

傷疤？哦哦，就是我跟夏洛克戰鬥的時候，被櫻花的衝擊波自損，留下來的疤痕啊。

那種東西有什麼好稀奇的？在武偵高中，身上沒傷的學生頂多就只有ＣＶＲ的女生們而已啊。

話說，拜託你們不要把別人身體上的特徵拿來當話題講行不行？要是對方很敏感的話，可是會心理受傷的。

（不過……看來大家在私底下也是會談論我的事情呢。）

不只是那些女生而已，原來男生也是會背地裡談論別人的啊。

放學之後，對孤獨的我來說也是一段難熬的時間。

我為了離開學校而走在校內，無論如何都一定會看到學生們的身影。

大家看起來都很開心。我是不懂他們為了什麼開心得那樣又跑又跳啦，不過總覺得他們就是過得很充實的樣子。參加社團的人，為了運動揮灑著汗水；用功的人，則是跟朋友一起前往補習班。

就只有我，什麼事都沒得做。

今晚既不會有強襲作戰要參加，也不會因為收到救援請求而坐進車輛科的四輪驅動車中。就算想要來場射擊訓練轉換心情，我也已經沒有訓練的必要了。什麼都沒有。

（原來……這就是、一般學校嗎……）

跟我原本想像的，還差真……不，並沒有差。這地方正是我過去想像的場所。我之所以會沒有容身之處，是因為我的個性缺乏社交性所害的。

然而，除了這份難受的感覺之外——

每天什麼事都不會發生，什麼事都不用做。其實也很痛苦啊。

（難道明天、或是後天，也要過著像今天一樣的日子……永遠持續下去嗎……？這就是普通的世界嗎……？）

這是我所期望的環境。

因此，我現在應該要感到很幸福才對。

但是，為什麼、我會覺得這麼焦躁呢？

（……這地方、太空虛了啊……）

不，其實空虛的是我。

如果不當一名武偵，我就變得什麼都不是了。

最後剩下的就只是宛如空殼的自己。我現在痛切地明白了這件事情。

（比起像現在過得這麼難受，以前遇上劫機的那時候還比較輕鬆啊。）

想到劫機……

現在亞莉亞跟理子究竟過得怎麼樣呢？白雪也是。她們是不是接受了什麼委託，正為了事件東奔西走呢？會不會遇上什麼危險呢？

就在我擔心著同伴們的事情，走近校門的時候——

（……？）

好像聽到什麼人在爭執的聲音。

是從校園的角落、腳踏車停車場傳來的。

有兩個凶悍的男性聲音……還有女生的聲音。看來應該是那個女性被男生們纏上了。

「……」

我雖然因為過去的習慣而把注意力放了過去，但是我立刻就決定快步離開學校了。

在這地方生活最重要的，就是不要太顯眼。不要引起什麼問題。

要是被捲入什麼打架風波之中，結果因為在武偵高中的壞習慣而出手打人的話……就會被停學，甚至搞不好會被退學了。

畢竟在一般學校，暴力問題似乎是一種重罪啊。

「——學校規定不可以騎機車上學呀……！噪音也會給人添麻煩的……！」

「給人添麻煩？妳在說啥啊？」

「就說咱們不是來上學的啦！老子現在可是停學中啊！」

……我不禁咂了一下舌頭。

剛才那個女性的聲音——是望月萌，坐在我隔壁的女孩子。

根據我的判斷，萌並沒有戰鬥能力。完全沒有，是零。

而男生們的聲音聽起來很激動。要是他們使出暴力行為的話，萌應該只有挨打的份吧？

（該死……到底是在做什麼啦！）

我——雖然下定決心只要靜觀狀況就好，卻依然還是忍不住走向腳踏車停車場了。

在那裡，我看到幾輛東倒西歪的腳踏車……

「藤木林同學，朝青同學，那拜託你們至少把踢倒的腳踏車歸回原位……」

以及一邊說著這種話，一邊扶起自己腳踏車的萌。

「很～好，望月，妳對老子講話太失禮，罰款十萬。付不出來的話，老子就幹掉妳。」

拿著一把看起來像雜誌郵購買的伸縮刀，說著這種話的——是個染了一頭誇張的金髮、帶著一副小小的有色墨鏡、耳朵上戴了一堆耳環的瘦男子。從剛才萌的視線來判斷，他應該叫藤木林。

「嘿，不是會給人添麻煩嗎？快把它撿起來啊，班長大人？」

說著，將吃完的炸雞骨頭丟到地上的……是另一個與藤木林相反的胖男子。他叫朝青是吧？小平頭上剃了幾條幾何學圖案的紋路、從制服的衣襬下露出幾條鐵鍊、手上還拿著一根金屬球棒。

而在這兩名把東池袋高中的制服穿得亂七八糟的男生身邊……那、那是什麼鬼啊……？一輛機車上裝著空氣阻力看起來就很高的擋風玻璃、缺少滅音器的直線排氣管，還貼了滿滿的貼紙。看來原本應該是一輛川崎西風（ZEPHYR）吧？可是卻做了一堆會降低機車性能的改造。要是被武藤看到的話，他應該會發飆才對。

（就算他們一看就知道是不良少年，但怎麼說都還只是普通人啊……不過，那玩意就不太妙了。）

他們身上的各種配件之中，我的視線只專注在其中一點上。

就是那個叫「藤木林」的輕浮男拿在手上指著萌的——短刀。

那東西雖然對我來說不算什麼，可是如果藤木林一個失手的話——萌、或者藤木林本身就會有危險。我搞不太懂他那句「幹掉妳」是什麼意思，但既然他拿出那種東西，應該就是打算要使用吧？怎麼想他都不可能馬上又收回去的。就算那玩意看起來就是沒什麼強度的玩具，而且他握的方式也完全顯示出他是個外行人。但……

正因為是外行人，所以有很高的機率會**搞砸**啊。我在調查書中已經看過太多原本亮刀只是為了恐嚇，到最後卻一個失誤而刺傷對方的傷害事件了。

就在藤木林一把抓住感到畏懼的萌的衣領，還用他的長舌頭舔了一下短刀的時候——

該死，真沒辦法啊。

「……喂。」

我只好不得已地現身在他們的眼前了。

好啦，這下我該怎麼和平收拾這個局面呢？

「……遠、遠山同學……？」

啊——萌同學，拜託妳不要含著淚光看著我，還一下子就把我的名字曝光好嗎？

「啥？你誰啦？看屁啊！」

拿著短刀的藤木林把眉頭皺到不能再皺，歪著頭瞪了我一眼。

「呃——我說啊，把那閃閃發光的東西收起來吧？」

我雖然已經盡可能用平穩的語氣對他說話了。可是……

「關你屁事啊！想對老子出意見，你還早了一百億光年啦！」

竟、竟然瞬間就發飆了。為什麼？

還有，光年是距離的單位喔？看來他腦袋不太好啊。雖然我也沒資格說別人啦。

「嗯——？又跑出一隻了。這女的雖然沒見過，可是穿著咱們學校的制服勒。」

聽到朝青粗野的聲音，於是我把頭轉過去一看——

朝青正用他粗肥的手抓著一個人的頭，把那人拖到我們眼前。

而那個被朝青抓住頭髮、單手就被舉起來的人是……

（蕾姬……！）

那、那傢伙……

看來是因為察覺到我被捲入麻煩之中，而跑過來的吧？

「住、住手！他們兩位才剛剛轉到我們學校來而已呀，不要對他們那麼粗暴！」

萌、萌同學……妳居然連我們的身分都那麼輕易就報給對方知道……！

不過現在重要的是，問題變得更棘手了。

面無表情地任由對方抓住的蕾姬……一方面是因為我命令過她的關係，所以她完全是手無寸鐵。而她原本是狙擊科的，因此也沒學過格鬥技巧。這種時候才真正能派上用場的艾馬基，現在也留在我老家啊。

「呀哈——！女人變多啦！」

呀……哈……？我看你只是想叫叫看而已吧，藤木林。

不過，很好。這下他把短刀的方向從萌身上轉向蕾姬了。明明還隔了一大段距離的說。

要行動的話，就是現在。

「我就說，拜託你把那個收起來吧。」

我說著，走到藤木林可以拿刀刺到我的距離內。

「──啊？」

我本來是打算等他刺向我的時候，抓住他手腕的──可是看來藤木林並沒有刺傷人的勇氣──他居然緩緩把刀尖豎起來朝向上方了。可惡，外行人就是會做出這些出人預料的行為啊。

於是我裝作跟只把身體靠過來的藤木林扭打在一起的樣子……

「哦……！」

接著保持絕對不會刺傷人的距離跟速度，將藤木林的手誘導向朝青的方向。

「嗚喔！」

不出所料，朝青看到向自己刺過來的短刀而嚇了一跳──當場就鬆開了抓住蕾姬的手。

呃，甚至連金屬球棒都被他丟到地上了。也太沒膽了吧？

「……」

接著蕾姬……居然就用她纖細的手，撿起那支球棒。我說妳啊，面對兩個外行人是想做什麼？我只好用簡易眨眼信號對蕾姬發出「快逃（ＲＡ）」的指示，姑且讓她帶著球棒先撤退了……

而那支短刀則是順勢被我搶到手。於是我把刀刃收起來後，順著地面讓它滑進水溝裡。

剩下的就是……

「——幹！沒有人能從老子手上逃走的啦！」

「像你這種小子，老子一拳就把你殺了！」

只要我乖乖讓吵死人的藤木林跟朝青好好揍一頓就行了吧？

話說……他們雖然對我又打又踢的，可是我一點都沒有挨揍的感覺啊。

這力道與其說是「碰！磅！」還不如說是「咚！啪！」勒。

首先，他們要出招前的姿勢太爛了，重心的轉移也很嫩。

擊中目標的方式更是差勁。我甚至還必須要小心注意，不要讓他們在打到我的時候扭傷手腳，真是超難搞的。

「住手、拜託你們住手呀——！」

看著我們這番鬧劇，萌竟然還拚命哭叫著，害我差一點就笑出來了。不過因為那樣不太好，所以我只好忍住自己的笑意。

「吁、吁……怎樣……」

「呼、呼啊……知道厲害了吧？」

呃……你們……該不會已經沒力了吧？

根本連三分鐘都不到啊……

但是，這兩個人看起來真的已經虛脫的樣子呢，而且是自己打到累的。

「哦哦，我知道了，真是抱歉啊。」

我不小心就脫口這樣回答他們了……不妙啊。

我其實應該要稍微假裝一下自己被打敗的樣子才對，要不然這兩個人是不會痛快離開的。畢竟現在是在女孩子的面前啊。

「看招，這招給你死！」

藤木林居然把自己的背部完全轉向我，緩緩離開……哦、哦哦，是想拉開一段助跑的距離是吧？

他接著步履蹣跚地朝我跑過來，想要對我來一記單腳飛踢。

因此我只好使出畢生的演技，一方面保護自己也保護對方的腳，一方面裝出讓對方覺得「痛快擊中」的樣子——

——啪！

剩啦。

就這樣讓他踢中了。

接著，我表演出倒向後方的樣子，甚至「哐啷」一聲趴到倒在地上的腳踏車上面。

「……嗚……」

特別優惠，就連效果音都給它附上了。額外再加個呻吟聲，雖然或許有點演技過頭啦～

好啦，我輸了。這可是從我在外堀大道輸給希爾達以來，最明確的一次敗北喔～

想到這種事情，讓我又忍不住想笑了。我要憋住才行。

「藤木林！朝青——你們這兩個小子，停學中在幹什麼！」

就在這時，從教職員室的方向傳來了金剛的怒吼聲。

我其實有注意到他打從一開始就隔著窗戶在注意這邊的動靜了。原來如此，他是在等藤木林跟朝青都累到動彈不得之後才出面的啊？真不愧是社會人士，很懂得處世之道嘛。

「……朝青，閃人啦。喂，遠山，你給我記住，罰金算在你頭上啦。」

氣喘吁吁的藤木林好不容易把那臺因為改造而變得很難發動的機車發動起來，載著朝青搖搖晃晃地離開了。

（給我記住……嗎？）

在武偵高中，那可是源自於傭兵行話的一種親愛用語啊。

意思就是：下次要活著再見面。

我不禁在心中苦笑了一下，睜開眼睛……看到金剛板著臉關上窗戶，回到他辦公桌去了。

「你、你沒事吧？遠山同學！遠山同學……遠山同學！遠山同學——！」

然而，卻還有個人不願意放著我不管。

萌趴到倒在地上的我身上，彷彿像在雪山上救助遇難客一樣，不斷喊著我的名字。

話說妳啊，為什麼從剛才就一直在哭啦……？

雖然我心中這麼想著，不過——不妙，我要繼續演戲才行啊。

畢竟普通人似乎光是被揍個一拳就會痛半天的樣子，我要是表現得很平常就太不自然了。

「哎、哎呀……超痛的。」

這、這樣如何？順便再給它踉蹌一下。

結果萌竟然說了一句「去保健室吧！」然後打算扶著我走，於是我只好撿起地上的書包，表示自己一個人回家沒問題的樣子。就這樣，順利含糊過去了。

——話說回來……雖然根本是連「不痛不癢」都談不上的等級，不過……

我總覺得，心情上還頗愉快的呢。

原來在一般學校，也有像那種活力旺盛的傢伙啊。雖然他們好像是在停學中。

不行不行不行，金次啊，對那種事情感到有趣的話，你就玩完啦。

（要是他們力道再強一點，至少可以當作是在按摩的說。）

我一邊想著這樣的事情，一邊讓哭個不停的萌冷靜下來後——互相道別……

「……喂，老哥。要不要我去殺了那兩個傢伙？」

這時，利用光曲折迷彩大衣變成透明人的我老弟，在我耳邊如此悄聲說著。

「白痴，住手啦。那些傢伙好歹也是人類。你別殺人啊。」

於是我只好像在自言自語似地，對他發出警告。

其實，GⅢ他剛才從途中就一直都在。只是因為現場的情況讓他太難以理解了，所以他就站在牆邊靜觀著我們的狀況。

「老哥的怪異行為讓我完全搞不懂啊。你到底是在做什麼？」

「好，那我就告訴你。這叫**學校生活**。你要是敢搗亂，我就揍你。」

「哈！什麼鬼。」

「還有，不准跟蹤我。我可沒聽過什麼對哥哥過度保護的弟弟啊。」

「我、我才不是因為擔心老哥最近沒什麼精神才跟過來的。絕對不是！」

「你們這群傲嬌族，為什麼總是會那樣把理由自己說出來啦？」

聽到我這麼一問……踏踏踏踏……啪！

GⅢ也跳過牆壁，消失在校外了。

話說回來……藤木林跟朝青，根本連外行人都不如啊。至少也該注意一下地上的足跡變多了吧？

總覺得讓他們繼續當不良少年也很叫人擔心呢。

隨後，我跟拿著金屬球棒讓路人們偷瞄個不停的蕾姬在校門口會合後，要她把球棒丟掉，然後一起踏上歸途了。

奇怪……

蕾姬跟我的距離好像走得比平常還要近的樣子。

「……謝謝你。」

而且還突然向我道謝了。

蕾姬道謝啊……還真是稀奇。

「謝什麼啦？」

「金次同學救了我。」

「哦、哦哦，沒什麼好道謝的啦。那根本連打架都算不上啊。」

「不是的。我明白金次同學一直想要隱藏自己過去的經歷，可是你剛才卻不惜冒著讓事實曝光的危險——也要戰鬥，並保護了我。」

呃……

確實，是有一點那種感覺啦。

「還有，也保護了望月萌同學。」

瞪！

嗚、蕾姬忽然斜著眼睛，從一旁看著我的臉呢。

那視線怎麼感覺好像很火大的樣子？她明明就在跟我道謝的說。

到底在搞什麼？有點恐怖啊。

3彈　望月萌

隔天早上，當我來到班上，坐到自己的座位後——

「遠、遠山同學，昨天……」

在開始上課之前，萌忽然對我搭話了。

「昨天？」

「那個、在腳踏車停車場……那個……」

哦哦，是在講我被揍的那件事啊。因為這種事在武偵高中根本是家常便飯，甚至我一天都會被揍個好幾次（主要是被亞莉亞），所以不小心就忘了。不過這種事在一般學校似乎不太會發生啊。

「……」

萌的一雙大眼睛含著淚光，表現出一副「萬分感激」的氣氛。

呃，像、像這種時候，我應該要說什麼啊？

要我老實跟她說「還滿有趣的呢」之類的感想好像也很怪。

而面對說不出話的我，萌也是一臉緊張兮兮地保持著沉默，讓我們的對話遲遲接不下去。

就這樣，等上課時間一到……

最後就變成好像是我在無視萌了。

對於上課時的那些聲響，我多少已經開始習慣了。然而在課程方面……

不管是哪一個科目，我都跟不太上周圍的進度。

老師們畢竟不會配合成績差的學生，所以上課的內容就在我完全搞不清楚的狀況下不斷進行著。

而當一個人持續聽著自己聽不懂的東西時……

……就會變得很想睡覺了。

實際上，我確實就打了好幾次瞌睡，然後被萌從一旁用鉛筆刺一下屁股叫醒。

她每次都會露出一副像在看什麼可愛東西的表情看著我，用笑臉無言地對我說著『不可以喔』。而她那個樣子才真的是叫可愛——讓我不禁感到困惑了。

到了午休時間，我因為聽不懂課業而感到有壓力的關係，變得一點食慾都沒有。

就在什麼東西都沒吃的情況下……耐不住睡意，真的趴在桌上睡著了。

到頭來，我真的變得跟小學時候的亞莉亞一樣了啊。

放學後，因為蕾姬要參加美術社的關係，於是我一個人離開學校了。

（我記得她很會畫圖呢……或許現在也在畫什麼油畫之類吧？）

對學校的人群感到難受的我，為了讓心情平衡一下……而來到頂多只有小孩子會來的東池袋中央公園，坐在長椅上消磨著黃昏時光。

這地方雖然是位於都市中的公園，卻沒什麼人會來。是個想要獨處時的好地點。落葉隨風飄舞的光景，真有一番韻味啊。事到如今，也只有大自然是我的朋友啦。

就在我腦袋想著這種像退休老人一樣的事情時……

「皮安卡，不、不可以啦！」

我忽然聽到一聲輕飄飄的……雖然感到困擾卻也語氣溫柔的聲音。

（嗚……！）

是萌的聲音啊。為什麼她會在這種地方？

我不禁轉頭一看，就看到一隻毛茸茸的美麗牧羊犬……以及宛如被牠拉著散步的萌。

穿著好像很暖和的外套配上長裙的萌，很不幸地就像電視劇一樣偶然跟我對上了視線。這下我沒辦法立刻撤退啦。

「遠、遠山同學？」

萌睜大了她那雙雙眼皮的眼睛，驚訝得像是要當場跌倒一樣。

而且還露出一臉「奇蹟發生了！」的表情。

確實，在都會中心與認識的人偶然相遇的機率是很低的，或許這真的是奇蹟也不一定。雖然是我不想遇到的那種。

面對跟那隻可以算是大型犬的皮安卡一起來到我面前的萌……

「……妳住這附近啊？」

我姑且丟出了一個無關痛癢的話題。畢竟如果被她問到「你在做什麼」的話，我會答不上來啊。

「嗯。」

「那就算不上是什麼奇蹟啦。」

聽到我這麼一說……

「原來遠山同學也在想那種事嗎？剛才那一幕真的有點像奇蹟呢。對吧？」

萌「哈哈」地露出彷彿可以讓世界整個溫暖起來的笑容後，接著又說道。

「那、那個、遠山同學！請你在這邊等一下喔！皮安卡，坐下！坐下、坐——下！」

她好不容易讓似乎不怎麼聽話的皮安卡坐在長椅前……

接著，跳動著她那條末梢接了小毛球的圍巾，「踏踏踏踏」地快步跑向太陽城（Sunshine City）的方向。

「……」

我雖然有想過要趁這個好機會開溜的……

可是周圍路上的車流很多。我必須要看好皮安卡，讓牠不要逃走才行。

於是，我只好無可奈何地等了一段時間後……踏踏踏……

萌又用她那看起來運動神經不太好的跑步方式跑回來了。

仔細一看，她還買了兩袋麥當勞的套餐回來。

「這個，給你。」

「……？」

「遠、遠山同學沒吃午餐吧？我今天也來多吃一餐好了。」

說著，萌就把手上其中一個暖暖的紙袋遞給我。

我確實是沒吃午餐啦……不過妳還清楚我的狀況啊。哎呀，應該是因為就坐在旁邊的關係吧？

而這位坐在我隔壁的同學，現在在長椅上也「砰」地坐到我旁邊了。

「……」

在公園吃麥當勞啊……這麼說來，我剛跟亞莉亞認識的時候，也一起吃過呢。

雖然說，當時的狀況跟現在完全不一樣啦。

那時候不但請客的人是我，我還被那個暴力女狠狠毆打過。

但這次是我被請客，而且還是被一位即使天地倒轉也絕不會揍人、像菩薩般的女孩。

麥當勞的香氣成分，似乎有某種刺激人類食慾的作用……

於是我也總算想吃點東西了。

「那我就不客氣啦。謝謝妳。」

看到我打開紙袋之後，萌才跟著打開了自己的袋子。

那是「不會比我先開動」的意思嗎？還真是個像貴族一樣有教養的女孩子呢。

不過，身為真正貴族的那位亞莉亞，當時才剛把紙袋搶過去就立刻打開來吃了。

看來這跟是不是貴族沒什麼關係的樣子。

我們開動後過了不久——

萌忽然露出一臉愧疚的表情，從一旁對我說道。

「昨天……我自己一個人跑回家，真的很抱歉。我雖然後來因為擔心遠山同學，而又跑回學校看，可是在校門口被拿著球棒的矢田同學瞪了一眼……結果我就自己跑回家了……」

矢田同學？

哦哦，是蕾姬啊。我都忘記自己幫她取的姓氏了。

話說回來，蕾姬到底在幹什麼啊？為什麼要瞪這個看起來就人畜無害的萌？

「我呀……最討厭那些又踢又打的暴力行為了。居然會有人想做那種事，簡直教人不敢相信。」

萌鼓起她那對看起來很柔軟的腮幫子說著。

我稍微想了一下，她這或許是在安慰（假裝是）打架輸掉的我吧？

「呃，那種事確實很無聊啦。」

雖然我就是身為暴力的化身——武偵，不過這時還是決定配合她的意見回應著……

吃完套餐後，我用紙巾擦拭著手指上的油脂。畢竟要是因為手滑而沒扣到扳機的話會很困擾……不對，我現在根本就不用煩惱這種事情啊。我連槍都沒有帶呢。

「你吃得好快呢，剛才很餓吧？」

萌「嘻嘻嘻」地笑著……我真的被打敗了，她的笑容是這麼溫暖又可愛啊。百分之百純真的笑臉，感覺像是可以讓每個人都感到幸福一樣。

「畢竟在用餐的時候——」

——被敵人攻擊的危險性很高，而且雙手會空不下來，所以應該要盡快吃完。

這話說到一半，我就閉嘴了。原來如此，看來「吃東西很快」這個武偵的老毛病，我也要改掉才行啊。

後來，我們彼此沉默了一段時間後——

「那、那個，遠山同學。我呀……昨天晚上，在家裡煩惱了很久。因為我昨天根本沒有向你道過謝。所以說，那個……有什麼我能做的事情嗎？我希望可以好好報答你……」

嗚哇……她居然說出這麼有道德素養的事情來了。

明明像蕾姬就是道完謝後過一秒就對我放出殺氣的說。

（不過，報答啊……）

這種強制推銷的回報，之前華生也對我做過。然而如果是武偵的話，像昨天那種戰鬥參加（？）頂多就是當作欠一次人情，或是用金錢物質、任務委託之類的就可以抵銷了。

可是在一般社會中跟我說什麼報答，我也不知道該怎麼做啊。

「那這一餐麥當勞就夠啦。」

畢竟這也算金錢物質，換算起來幾百元左右。以那場鬧劇來說，算是合理價位吧？

「怎麼這樣……」

呃？萌好像露出很失望的表情呢。

這……與其說是想回報，她或許是有什麼其他的意圖吧？

可是，感覺她不像是要陷害我啊……嗯……？

就在我陷入沉思的時候，萌偷偷瞄了我一眼。

「那個……我、我問你喔……遠山同學、那個……跟矢田同學……有在交往嗎？」

啥？矢田同學（蕾姬）跟我？

她怎麼會突然問我這種沒頭沒腦的事情？

「沒有。」

聽到我的回答，萌忽然把臉完全轉向我這邊……愣了一下後……彷彿要把照燒漢堡壓扁一樣，握拳做出一個小小的勝利手勢。

雖然我搞不懂她這一連串動作的意義，但是……

她真的是個跟武偵活在完全不同世界的女孩子呢。不但相信不良少年可以用言語溝通，而且感覺還是個比我嚴重的和平白痴，一舉一動都表現得讓人有機可乘。

……不過，她是個好女孩。真的是個好女孩。外表看起來也很可愛。

正當我想著這些事情的時候……咚！

好痛！

不知道從哪裡飛來的橡樹子敲到了我的頭。明明我頭上就沒有樹啊。

「……？」

是哪個小鬼嗎？

然而，我環顧了一下公園，從距離上卻找不到任何嫌疑犯。

還真行啊。居然可以隱藏自己的氣息，狙擊一名武偵的頭。

這時，萌吃完了手上的漢堡，喝著有點涼掉的咖啡……

「我呀，都沒有像男朋友之類的對象……雖、雖然我內心很嚮往啦……」

她說著，又偷偷瞄了我一眼。

受不了，為什麼女人總是沒講兩三句話就會提到我不擅長的話題啦？

「妳應該很快就可以交到了啦。」

我把心中所想的話說出口後……

「……」

呃？她怎麼好像露出失望的表情啦？

嗯——是代表我應該要稍微再鼓勵她一下嗎？

「……希望妳能早日遇到好對象啊。」

「我已經、遇到了呢……」

聽到我這麼一說，萌就有點害臊地微微低下她那輕柔的鮑伯頭。

哦哦，這樣啊？

恭喜妳啦。

「遠、遠山同學呢？」

「我暫時沒打算考慮那種事。」

畢竟我患有不治之症啊。

「防、防守好堅固……」

萌把視線從我身上移開，手拿著咖啡小聲呢喃——難道我昨天被毆打時的防禦動作穿幫了？明明我的動作應該不會被外行人看穿才對啊……

就在我有點感到焦急的時候，萌忽然像是頭上閃起一顆電燈泡一樣轉頭看向我：

「課業方面怎麼樣呢？內容會不會跟遠山同學之前讀的學校差很多呀？」

差超多的。

「……現在的內容很難。老實講，我跟不太上進度。」

確實，我目前最大的煩惱就是學校的成績啊。

於是我老實回答後，萌居然露出了一臉「好耶！」的表情。

「那、那個呀，我、我有在上補習班，而且上次全國模擬考的時候，我考到八十九名喔。」

還真巧啊。

之前聽華生說，在S・D・A排行……通稱「超人排行」，也就是「老子不當人類了」排行中，我似乎也擅自被排到亞洲第八十九名的樣子。

話說回來，全國模擬考中排行八十九名啊？還真厲害。看來萌的功課不錯呢。

「所以說、那個、要不要下次找機會讓我教你功課呢？像是現代文學之類的，我很擅長喔……」

就在萌說話的時候——

（……！）

——怎麼回事？

我好像感受到什麼視線的樣子。

是誰？照這感覺……對方不是什麼普通人啊。

十之八九，應該是武偵。

「你、你覺得好嗎？」

我對萌的問話「嗯嗯」地隨口回應著，同時裝作若無其事地探查四周——

然而，對方似乎也察覺到我的動靜，而把氣息隱藏起來了。

……厲害，這傢伙功力一流啊。

「既、既然這樣的話，請你告訴我你的電郵信箱吧！」

在一旁，萌拿出了一支手機，上面還掛有透明小珠子做成的吊飾。

我要是在這時候不自然地站起身子亂動的話，反而會很危險。必須要表現得自然一點才行。

於是，我用手機紅外線功能跟萌交換完資料——並目送她帶著皮安卡、莫名愉快的背影離開後……

等到剛才在看我的人似乎也離去了，這才站起身子離開。

像這種時候，被跟蹤的可能性非常高。

因此，我決定用跟平常不一樣的方式回家——

雖然有點繞遠路，不過我還是坐上了市區巴士，姑且嘗試要擺脫對手。

「……」

然而，在我搭上巴士的瞬間，我就遇上剛才那個在看我的人了。

那人獨自坐在兩人座的座位上，對我笑了一下後，「砰砰」地用手指拍著自己旁邊的位子。

叫我過去坐是吧？不用你說我也會過去啦。

「你為什麼會穿著那套衣服？**不知火**。」

坐到一旁的座位上後，我對著身穿東池袋高中制服的不知火嘀咕了一聲。

這傢伙，功力又進步了。剛才那一下真的很厲害。

要是他有拿狙擊槍的話，我早就被他給斃了。

「在這邊不太好講話啊。尤其是對你來說。」美男子對我露出微笑。

那笑臉真的是帥到甚至叫人火大。

「哎呀，畢竟有其他乘客在嘛。」

根據狀況，我們搞不好需要動手也不一定啊。而且這次可不是在演戲了。

我們在區立美術館前下車後——

在一臉微笑的不知火提議之下，我們決定進到館內說話了。

兩個人走在我沒啥興趣，也沒什麼人參觀的『威尼斯美術展』展場中……經過許多彩色面具、玻璃工藝等等展示品旁……來到**亞莉亞**的手槍上也看得到的珍珠貝浮雕展示的區域後，不知火才停下了腳步。

周圍一個人影也沒有。

「你也太拐彎抹角了吧？有話想說就說啊。」我裝作跟他一起在欣賞貝殼浮雕的樣子，語氣不悅地開口。

「看來你對學校的事情還真的是沒什麼興趣的樣子。我從上個禮拜就進到那間學校啦，為了潛入調查。可是，你卻完全沒有發現我。」

不知火說著，把臉微微轉向我的方向，用手戳了一下我的制服外套。

不只是那張笑臉而已，這傢伙的一舉手一投足都總是要這麼帥氣啊。

「——調查什麼？」

「來交換情報吧。遠山是為了什麼進到學校的？」

「……」

「開・開・玩・笑・啦。畢竟保密義務是委託人最常提出的規定嘛。」

不知火又微笑了一下。

真想掐他脖子啊。

「你從以前開始就給人一種城府很深的感覺，真的很適合當武偵。」

「得到您的誇獎，讓我非常榮幸。」

「怎麼樣？在那間學校會不會不適應？」

對於不會自己洩底的傢伙，就要盡可能讓對方說話，等對方自己說溜嘴。

這是我在偵探科學到的方法，只是不知道對這傢伙管不管用？

「有什麼好怎樣的？我過得很普通啊。只是女生們……讓我有點棘手。她們有事沒事就會來找我講話，可是我很不擅長應付女性啊。」

「我才想說我跟你的個性莫名地很合，原來是因為不擅長對付同樣的問題啊。」

「我作夢都沒想到遠山居然會講這種話。」

「我已經懶得否定了，就少揍你一拳吧。」

「哈哈，算我撿回一條命。不過，遠山，這或許是你最後一次可以跟普通的女孩子在一起的機會囉？」

「……你在說什麼？」

「這樣才像遠山呢。」

不知火不知道在高興什麼，「呵呵」地輕輕笑了一聲。真是個神祕的男人。

「只是，你最好跟神崎同學偶爾聯絡一下會比較好喔。聽說學弟妹們被她當成出氣包了，很可憐啊。」

真不愧是人格高尚的傢伙，還真是會為晚輩著想。

話說回來，那位神崎同學應該是因為沒辦法找我舒壓才會那樣做的吧？

「我要說的就是這些了。」

「你想找我說的就這些啊？」

「是啊。另外的話……對了，我不會去打擾遠山你的**任務**，所以就算在學校碰到面，我也希望你能用普通的態度對待我。」

「我才想拜託你勒。」

哎呀……這世界看似廣大，其實很小。像這樣的偶然也是會發生的。

彼此認識的武偵明明各自接受了別的任務，卻發現目的地是同一個地方。

不幸中的大幸是，我並不是真的在執行任務——因此跟不知火交戰的可能性是零啊。

畢竟我不想攻擊自己的朋友，而且不知火跟我不一樣，他可是強襲科的菁英。自從我轉科之後，總覺得不知火跟平常的我之間的差距就越來越大了。

雖然武偵因為經常要祕密偵查的關係，不太會讓自己的肌肉鍛鍊得過分粗壯。不過從身段舉止上就可以看得出來，他的身體比以前又更加精實了。

要是我在沒進入爆發模式的狀況下跟他對打的話，應該有七比三的機率會處於下風吧。

哎呀，反正對於已經離開武偵高中的我來說，也已經沒必要去分析這種事情了啦。

「雖然這會違反義務，不過我還是跟你說一聲：我們之間不會有交戰的可能性。」

「我就當作沒聽到吧。不過，我放心多了。畢竟我也希望跟遠山維持朋友關係啊。」

雖然感覺有點在騙他，不過當我說出這番彷彿「我也是因為任務才到東池袋高中」的話之後——

不知火他……便轉身對我揮揮手，早我一步先離開了美術館。

真是個又愛裝模作樣……又讓人看不透的傢伙。一點都沒變。

哎呀，這種事情，只要是帥哥就會被原諒的啦。世間還真是不公平。

到了晚上，我原本是打算要稍微讀一下書的……可是卻被金女纏著要我陪她下將棋，而且是一局接著一局。

這一切都是因為奶奶教她規則所害的。

再加上金女明明才剛學會而已，就莫名地厲害。我已經輸給她九局了。

「哥哥，那一步下得不合理～！角取飛車同時將軍！」

「嗚……！」

說到底，一個已經大學畢業的人工天才，跟一個連高中都搞不好會念不下去的我，怎麼可能比得下去啊。

而且金女習慣把武偵高中的水手服拿來當便服穿，然後她現在就穿著那件短裙跪坐在我對面，讓我看到她的那雙大腿。再加上她不知道是不是故意的，還很微～妙地張開兩腳。

「怎麼啦～哥哥？你流冷汗了喔？」

如果我說出來的話，感覺就好像我很在意似地，有點丟臉。於是我只能一邊下棋，一邊擔心著金女每動一下搞不好就會讓奇怪的布露出來。這根本就是一種場外戰術了吧？

或許因此爆發的話，我就能贏她了啦。可是如果因為妹妹而爆發，然後變成雙極兄妹的話，可是會引起家庭崩壞啊。

要是被知道爆發模式原理的爺爺發現了，我絕對會被他斷絕關係的。失去住所，與金女兩個人逃亡，連人生都必須要投降啦。我絕不能讓這種事發生。

「……我認輸。」

「嘿嘿嘿，我十連勝囉。啊，哥哥，你手機響了喔？」

金女指了一下放在我坐墊旁的手機。

太好啦，這下就有藉口不下將棋了。

但很可惜，那其實只是收到郵件而已……不過我就當作是電話打來吧。

「好啦，那妳也快點去洗洗澡，睡覺吧。時間很晚了。」

「好～」

金女舉手回應後，進入收拾模式。

我從她房間撤退後，回到自己的房間。換上睡衣、關上電燈、準備就寢……

（說到手機……我還是打個電話給亞莉亞吧。畢竟不知火都這麼說了。）

於是，我撥了一通電話給亞莉亞——

「金次？」

哦？她聲音聽起來好像很開心嘛。

「亞莉亞，妳啊，別太欺負學弟妹啦。」

「啥？你聽誰說的？」

「密報者的性命可沒那麼廉價。」

「我會留他一條小命的，你就老實告訴我。話說……那還不是因為你不在，害我很無聊……啊！這、這句話可不是、那個、那個那個、我喜歡你或是什麼的、那種意思、不是、也不是也不是、不是……不是——！開洞！你這個死人臉！」

嗚哇……

我還真的是個惹亞莉亞不開心的職業專家啊，一下子就讓她生氣了。

她剛才接起電話時的開心情緒到哪裡去啦？

話說，什麼叫死人臉？雖然我確實是頂著一張死人臉啦。

「我說金次，你居然在作戰行動中打電話……要是被竊聽了要怎麼辦？雖然日本的數位線路確實很牢靠，可是像房間或是手機之類的也是有可能會被裝竊聽器呀。你身為一名武偵的自覺根本不夠！再說呀——」

——嘰哩呱啦嘰哩呱啦。真是一如往常的亞莉亞同學啊。

總覺得……我有點鬆一口氣了。雖然被罵還感到安心有點奇怪，但至少確認她沒事了。

哎呀，這傢伙也不是什麼需要別人擔心的角色啦。

不過，被她罵了臉的事情，還是讓我覺得有點火大。於是就在她將近三十分鐘的說教時間結束後……

「……那就再見啦。哦，對了，氣象預報有說過明天會下雪喔？下雪時的雲，意外地很會打雷。而日本的雷雲可是會把人的肚臍割掉的。妳要好好藏起來喔。」

「——什麼！等等！那是真的嗎？」

很好。她聽到打雷的話題就慌了呢。不但好像用力握住手機，聲音還變大了。

我要開始反擊啦。

「要不然妳去問問看別人，大家一定都會點頭的。順道一提，要是肚臍被割掉的話，妳會變成爬蟲類喔。」

「可是我那個、制服——你也知道吧！肚臍都會露出來的呀！你等一下！要是忽然打雷我該怎麼辦！告訴我有效的對策——」

好，掛斷。嗶！

噗哈哈。妳就去夢到自己變成蜥蜴的惡夢吧。

要是被間宮追著跑的時候，要記得把從裙子露出來的尾巴切掉逃生喔？

……咦？

有一封未讀郵件。啊，是剛才下完棋的時候寄來的那封啊。

我打開確認了一下——是萌寄來的。上面寫著：

『今天很高興可以跟你聊到天。晚安！』

如果跟隔壁同學的人際關係沒有處理好的話，學校生活會讓我感到更難受……因此我姑且回了一封。

『晚安。』

接著……過不到一分鐘，又有回信寫道——

『請問我明天也可以寄信給你嗎？』

於是我就回了一句：『可以啊。』

如果萌跟白雪一樣是個寄信魔的話就很困擾了。不過，我應該是不用擔心這點，畢竟萌是個正常的女孩子啊。

順道一提，當初白雪在知道我的電郵信箱之後，當天就立刻讓我嘗到近一百封信件瘋狂轟炸的恐怖經驗。而且那些信的內容，全都是印成文庫書可以印整整兩頁的超長文章。

我後來是有指責過她，要她不要再那樣做了。不過當時真的是讓我背脊冷汗直流啊。

（話說回來……這還真是讓人害羞呢。）

手機裡存有與任務或戰鬥無關的女生信箱地址，這感覺不就像是我們交情好到會私下閒聊的意思嗎？

明明我們之間就沒有什麼需要互相聯絡的事情啊……

雖然我心中這麼想，可是對方似乎並不這麼認為。隔天的放學後，萌又寄信來了。

昨天我在公園只是順勢答應了而已，不過萌看來是真心地願意教我功課的樣子——

信中的內容，是邀請我禮拜六到她家去。

目前我面臨最大的問題就是，我的課業跟不上進度。

雖然插班生是可以保留在前一所學校獲得的學分，可是我在武偵高中拿到的一般科目學分實在不多。這樣下去的話，我都難得轉學了，搞不好又會被退學啦。

（讓女性當老師雖然並不是件好事……不過我也沒辦法挑剔了。就請她教教我吧。）

於是，到了天氣相當寒冷的禮拜六早上——

當我走出家門後，啪！

痛啊！我的頭又被一顆橡樹子打到了。

我抬頭看了一下庭院的樹，可是怎麼可能會有橡樹子從柿子樹上掉下來啊？

「……？」

這還真是一樁超常現象呢。

然而，像這種怪現象，我已經從伊．U的各位身上看到不想再看了。這點小事，嚇不倒我的。好啦，來去念書吧。於是我出發前往萌寄給我的地址了。

（就是那間吧？）

來到約定時間的十點……前五分鐘，我看到了一間……只能用「普通」來形容的屋子。

不過屋子的外觀看起來又新又乾淨，也有一點點有錢人家的感覺。

「……啊！遠山同學！」

在寒冷的屋外……萌一邊對凍僵的雙手呵著氣，一邊等待著我。

接著，在小小的家門前看到我現身後，她就立刻露出開心的表情。

「抱歉，讓妳久等了。」

「不、不用在意，我是剛剛才走出來的，沒有等很久。」

萌雖然揮著手否定了……可是如果沒在屋外等上十五分鐘，鼻子怎麼可能會冷到變那麼紅啦。為什麼要說謊？

另外，萌的樣子看起來也有點奇怪。

雖然她外面穿了一件寬鬆的毛線外套，發冷的雙手也都收在袖子裡，只露出指尖……可是淡粉紅色跟白色搭配的內襯衣，以冬天來說也太單薄了，而且裙子也很短。明明之前在公園遇到的時候，她穿的便服就是搭配長裙的說。

還有，髮型也跟平常不太一樣，撥了比較多的頭髮到前面來。

「就算只有一小段時間，女生也不應該讓身體著涼啊。要是感冒的話就不好了吧？」

聽到我這麼說，萌不知道為什麼忽然「哇哇」地興奮起來。

「因為我是第一次邀請男孩子到家裡來……不過不用擔心，我的身體很強壯的。從幼稚園到高中，我目前都是全勤喔。」

從話語中就不小心透露出她其實身體有被冷到了。

這女孩個性也有點傻傻的呢。

我原本還覺得她跟我是住在不同世界的人，不過這下稍微有點親近感了。

不知道是不是因為靜不下來的關係，萌一邊不斷整理著腳上的長絲襪，一邊帶我進到家裡。

屋子中，理所當然地……我完全聞不到一點火藥的味道。

另外，跟我以前那間理子邊走邊吃、掉下的零嘴殘渣掉滿地的房間不一樣，看起來非常乾淨。

在溫暖的家中，萌脫下了那件毛線外套。她裡面穿的是一件短袖，看起來很柔軟的上臂都露了出來。

「遠山同學，我有準備一些三明治，如果想吃的話，不要客氣喔。另外，還有一些餅乾。」

聽她這麼一說，我就看到餐廳的桌上擺著用保鮮膜蓋起來的手工三明治跟手工餅乾。真不愧是家政社的社員，看起來做得真不錯。

「那個呀，我原本還不知道……其實今天，我爸媽都出門旅遊不在家……皮安卡也被他們帶走了。所、所以說，家裡都沒有人。不、不過，我不會在意的喔。」

……？這一點也很不自然。既然家人要去旅行的話，應該在之前就會知道了吧？該怎麼說。總覺得她是原本就知道雙親不會在家——卻假裝自己不知道這件事情的樣子。因為這女孩個性實在太老實，讓我很容易看穿她的想法。

不過，哎呀，反正她雙親本來就不會參加我們的讀書會，所以也沒差啦。

話雖如此……

從她剛才的發言中判斷，難道她沒有發現一件事嗎？

那我就告訴她吧。

「……不，還有另一個人喔？咲……妳的妹妹就躲在那個衣櫃裡。」

我因為在偵探科時學到的習慣而立刻就發現了。或許是在玩躲貓貓吧？

不過，看來不是那麼一回事。因為萌當場「咦！」地驚叫了一聲。

「──被發現啦！不過真虧你連名字都知道呢！」

說著……綁了一頭黑色雙馬尾、個子嬌小的妹妹就打開衣櫃跑出來了。

什麼叫「真虧你知道名字」……在門口的門牌上就有寫啦。雙親的名字，還有萌，跟咲。

畢竟我在偵探科也待過很久，因此像這樣進行確認的行為已經是一種習慣了。

咲跟萌比起來有點小惡魔系，但因為是姊妹，所以也同樣有著一張可愛臉蛋……

這位感覺應該是國一學生的妹妹，跑到我面前說道。

「嗯──雖然感覺有點陰沉，不過還滿帥的嘛。原來如此～姊姊喜歡的是這一型的呀～」

她抬頭看著我，賊賊地笑著。

「咲！」

咚！

叫人意外的事情發生了。萌的暴力行為。跟亞莉亞相比大概只有兩千分之一威力的灌頂槌拳。

「咲這個笨蛋！笨蛋笨蛋！妳不是說過今天要出去玩的嗎！」

咚咚！唰唰！

萌對著四處逃跑的咲用雙手連續攻擊，卻不斷揮空。

「姊姊把人趕出去的意圖那麼明顯，是騙不過我這個名偵探的哩～雖然爸爸跟媽媽好像是真的沒察覺到啦。而且妳又難得跑來找我商量戀愛的事情，又把珍藏的化妝品拿出來擦，明明天氣就那麼冷卻又穿著那麼短的裙子～！」

運、運動神經還真好啊，咲。

她一邊嘻笑著一邊跳過沙發，結果追在後面的萌就跌倒了。

「我的姊姊、把男朋友、帶回家了～♪帶回家了～帶回家了～♪」

咲一邊嘴上唱著感覺跟蕾姬一樣對我跟萌的關係有誤解的自創歌曲，一邊逃到安全地帶——我的背後，然後「嘻嘻嘻」地窺視著萌的動靜。

而呆站在原地，跟一臉困惑的我對上視線的萌則是……

「笨蛋……咲這個笨蛋……！不要在遠山同學的面前、說那些奇怪的事情啦……！拜託妳……」

啊、啊～

她雙手摀住通紅的臉蛋，哭出來啦。

這也做得太過火了一點吧？

雖然是別人家的孩子，不過我還是在視線中帶著那樣責備的意思，看向斜後方的咲。於是……

「對、對不起啦～那我出去就是了。」

看來咲的本性也是個好孩子。她說著，就從她剛才在躲的衣櫃中拿出一件防寒外套……

接著走到她姊姊面前，摸摸姊姊的頭。

而萌也不知道在幹什麼，就這樣乖乖點著頭。

「我不會跟爸媽說的，所以給我五百塊吧。」

點點頭。

萌，被勒索了。

不過既然花了錢，萌似乎就打算徹底把咲趕出去的樣子，開始將咲的全身都推向玄關的方向。

接著……抓、抓抓。她隔著自己身上的上衣，做出好像在抓背的動作。那是在幹什麼？感覺應該不是什麼暗號吧——

「哦——是在隔著衣服調整胸罩呢～就是因為穿了平常沒在穿的祕藏內衣才會這樣啦～就是那件又貴又可愛的～」

咲露出一臉惡作劇的表情，偷偷摸摸地小聲說著（雖然我是沒聽到，不過靠脣語知道內容了）。結果，咚——

萌又使出她那軟弱的灌頂槌拳，用全身把咲推到門前的水泥地上。

咲接著穿上帆布鞋後……啪！

忽然當場趴到地上，莫名其妙地從下方偷窺萌的裙底風光，又用無聲嘴說著。

「這邊也跟上面穿同樣的款式呢。姊姊好有幹勁喔！」

這次萌換成踢了咲一腳……

那軟趴趴的一腳偶然踢中一個好角度，總算把咲趕出家門了。

因為萌的房間在二樓的關係，於是她走在前頭帶著我上樓梯……

「對、對不起喔，我妹妹是個推理小說狂，所以老是在調查我的事情。我都已經叫她不要那樣做了說。」

說著這種話的萌同學，拜託妳不要穿那麼短的迷你裙好嗎？也稍微考慮一下在這麼陡的樓梯上，跟在妳後面的我的心情吧。

我好不容易通過了樓梯的難關後，看到一扇門，上面掛著一塊寫了『Ｍｏｅ（萌）』的可愛名牌。萌接著便打開了那扇門……讓我進到她的房間。

很好，這下總算可以進入我期待的讀書環境了。而且還是有老師在指導的呢。

雖然房間中飄著殺人等級的酸甜女孩香，不過我要忍耐才行。

（話說回來，還真是典型的女生房間啊……）

書架上擺著《小氣財神》、《咆哮山莊》等等女孩子會看的文學作品，另外還有料理、編織或園藝相關的書籍。外凸式窗戶的窗邊則是擺著音樂盒以及泰迪熊的布偶。

（這種房間……我只有在電視劇中才看過呢。）

沒想到世界上居然真的有這種充滿女孩溫柔氣息的空間存在啊。

整理得乾乾淨淨的普通書桌……今天似乎沒有要使用的樣子。取而代之的是在狹小的房間中央有一張圓型的小矮桌。

在矮桌旁——可以看到兩張同樣可以窺見女生指數極高的手工坐墊，呈Ｌ字形排列著。

「那麼，我們就來……」

我一屁股坐到坐墊上，準備從書包中拿出筆記本時……

萌不知道為什麼手腳僵硬地趴在地上，用誘人的姿勢從書架下方拿出了一本相簿。

「……？」

「呃……我想說、這個、在開始念書之前……稍微、稍微看一下……」

她說著，就來到我身邊──「唰」地一聲把另一個坐墊拉到我旁邊，跪坐在上面。

搞、搞什麼啊？妳、妳這樣坐在我旁邊的話……

因為她襯衫的胸襟敞開得比我想像中的還要大，結果害得胸部……好大！乳溝的深度跟白雪是同等級的……！而且、好白、好圓……！

（太、太強了……！）

如果用軍艦來形容的話，華生、蕾姬＝輕巡洋艦、金女、貞德＝重巡洋艦、理子＝戰艦，而這種白雪等級的分量就是超級戰艦了。順道一提，亞莉亞是橡皮艇。

不管看過幾次，她那完全沒有經過鍛鍊的身體，看起來就是到處都很柔軟啊。簡直就是軟式戰車了。

就在我已經開始分不清楚戰艦與戰車的時候，我的體內──噗通！

不、不妙，是爆發性的血流……！

於是我趕緊把視線往下方移──結果這次換成看到萌明明是冬天卻穿著莫名短的裙子，跪坐在坐墊上的大、大腿。這、這邊也好白！而且好像連裙子深處都可以看得到……！

「……啊……」

更加不妙的是，萌看到我這樣上下打量她全身的視線，結果也開始害臊起來。

可是她卻一點都沒有要整理襯衫胸襟或是裙襬的打算。

（話說……既然妳會害羞，就不要穿著那種衣服還靠我這麼近行不行……！）

多虧這個想法讓我稍微動了一點怒氣，總算撐過翻騰的血流了。

然而，很快地……

「那、那個呀，我呀、小學的時候……」

萌說著，開始翻閱手上的相簿。而她從衣服中露出來的上臂就觸碰到我的手臂，害我又被嚇破了膽。

雖然在運動會中滾動著大球，或是在才藝發表會上唱著歌的小學生萌，看起來既燦爛又可愛——但是我卻因為對爆發模式的警戒心，而一點都不能專心看照片。

要是萬一、萬萬一、在這時候進入爆發模式試試看。我可是會害飽受拍下這些照片的父母疼愛、宛如聖人般只因為坐在隔壁座位就願意教導一名劣等學生的萌……遭、遭遇到非常悽慘的狀況啊！

要是我真的做出這種事情，我會因為良心的苛責，而又再度握起手槍了啊。為了擊斃我的腦袋。

（小學時代、小學時代……）

我趕緊回想起自己被大哥嚴格訓練著戰鬥技術，又被老爸當成送槍人員的可悲童

年——自己讓自己感到不愉快，好不容易撐過了這個難關。

但是，在我們看完相簿之後……

「……」

萌卻只是一臉陶醉地坐在我的旁邊，默不吭聲。

我明明是為了念書才來這裡的，可是總覺得狀況好像有點怪啊。

難道在一般學校，邀請別人「到自己的家一起念書」……是代表其他的意思嗎？

「……」

我、我想不出為了達成原本的目的，接下來到底應該要做什麼啊。

而萌似乎也是完全同樣的狀況，於是又全身僵硬&唐突地對我說道。

「遠、遠山同學，我、我們來玩黑白棋吧？我呀，很不會玩遊戲，老是輸給妹妹呢！」

我透過房間的鏡子，看到剛才裝作自己出了門卻又無聲無息地回到家裡、偷偷打開房門偷窺房間狀況的咲。並且用讀脣語知道她小聲催促著：

「還不快一點呀——！」

我、我也有同感。我們快點開始念書吧？

後來，窗外飄了一陣細雪。雖然是沒有打雷啦。

我使出渾身解數迴避掉萌提出的「遠、遠山同學喜歡什麼類型的女生呢……？」之類我不擅長的話題，接著開始聊起電影，發現我跟她的興趣意外地很合……於是兩個人就這樣一邊吃著三明治，一邊不斷聊著天。

就連擁有偵探系武偵素質的妹妹，也感到非常無奈地悄悄走出家門……

到最後，讀書會根本還沒開始，天色就昏暗下來了。

就在萌察覺到我發現天色已晚的時候……

「——那個……遠山同學，晚餐你想吃什麼呢？雖然咲可能等一下就會回來了……不過我爸爸跟媽媽，明、明天晚上之前、都不會回來喔。」

她感覺莫名其妙地鼓起勇氣，似乎在挽留我的樣子。

不不不，剛才那位咲妹妹可是氣呼呼地離開家門了，氣氛上感覺不會馬上回來啊。

這樣一來的話，到了晚上也會是我們兩個人獨處……話說，她剛才那句話是要我留下來過夜的意思嗎？

再怎麼想都不可能吧？

而且依照一般世俗的看法，現在也差不多快到男生不應該繼續留在女生家的時間了吧？

我到底該怎麼做才能讓讀書會開始？萌到底是希望我做什麼？——就算我一路努力到幾乎快晚上了，卻終究還是沒找到答案啊。

「不、不了。反正雪也停了……我還是回家吧。」

「……要是雪不停就好了……」

萌低下頭自言自語著，可是不知道為什麼，卻是用以我可以聽到為前提的聲量。

「今天很愉快喔。下次……」

我說到一半又住嘴了。反正我下次應該還是沒辦法讓她教我功課吧？

「嗯，再見囉。下次一定還要來喔。」

萌露出一臉彷彿在自責的表情，而且不知道為什麼，有點淚眼汪汪的。

接著，她又動著嘴脣，小聲嘀咕了一句：「我是不是沒有魅力呀？」

不，萌是很有魅力的。

我雖然不知道妳為什麼會這樣問自己，但那是基於某種誤會下所引起的疑問啊。

而讓她產生那種誤會的人，一定是我。

一定是毫無一般嘗試、尤其對女性心理完全不理解的我害她的。

而在無意識下，我一定是做了什麼傷害萌的事情吧？

因此……我決定就算下次萌再邀請我，我也不要過來這裡了。

「餅乾，給你吃，雖然是今天早上烤的啦。」

「哦哦，謝謝。」

我們一邊說著這樣的對話，一邊走下樓梯。接著我從她手中收下那些裝在條紋紙袋的餅乾後——打開玄關家門……

「啊、你等一下。怕你迷路了，我送你到明治大道去吧。」

萌說著這番無比親切的話，披上毛線外套跟到我身旁。

緊接著……她微微低下彷彿下定什麼決心的臉，握住了我的手。

而且還是用手指扣手指的那種，俗稱「情侶牽」的方式。

——就在這時……

「金次同學很清楚該怎麼回家，不需要妳帶路了。」

忽然聽到這樣的聲音，害我跟萌都嚇得轉頭看向街道的方向。

「蕾姬……！」

在家門前，蕾姬就站在那裡。

而且……或許是因為剛才的那場雪積在她身上又融化的關係，她全身都溼透了。

「金次同學知道路吧？」

蕾姬又向我確認了一次。

接著，她走到我的面前，用她那雙冰到嚇人的手——抓住我跟萌的手腕，想要拆開我們牽在一起的手。

讓人意外的是，萌居然瞪著蕾姬，緊緊握住我的手不願放開——不過，我則是放開了手，抓住蕾姬的雙肩。

果不其然，蕾姬的身體已經完全凍僵了。

「妳這是……到底在幹什麼啊？難道妳一直都站在這裡嗎？」

「請不用擔心。在我的故鄉，寒流是常有的事情。我對寒冷已經很習慣了。」

「不是那種問題吧！我們回家啦！」

必須要趕快讓她泡個澡，溫暖身體才行。要不然別說是感冒了，搞不好會引起肺炎啊。

我這時發現一輛計程車經過前方的路上，於是趕緊跑過去將它攔下來——對司機拜託了一番後，回到萌的家門前。

卻看到——

「這是警告。請妳不要抱著想跟金次同學建立關係的想法。」

「矢田同學，妳不要管那麼多。雖然大家都說矢田同學是遠山同學的女朋友……可是我很清楚，其實妳的真面目是——遠山同學的跟蹤狂呀！」

「請妳聽從我的勸告。我是為了妳的生命安全在著想的。」

「妳、妳那是什麼意思！妳到底想說什麼？該不會是想威脅我吧？」

「並不是那樣。妳搞錯了。妳——並沒有資格站在金次同學身邊。我就是為了向妳傳達這件事情，才會到這裡來的。妳在做的事情，是一種**自殺行為**。」

「矢田同學太奇怪了啦！」

缺乏表情的蕾姬，與鼓著臉頰的萌，居然就在家門前吵起來了。

妳到底是怎麼了啦，蕾姬……！還有萌也是……！

雖然只是一段計程車不會跳錶的近距離，不過我現在也不能讓蕾姬走在這種寒風之中啊。

在內心感到擔心的我旁邊，蕾姬坐在我幫她鋪了一件夾克的車座位上——甚至連抖都不抖一下，平靜地對我問道。

「請問對方有給金次同學什麼東西嗎？」

「……就只有這個。不過她可不是什麼需要懷疑Ｗｉｒｅ（機關）、Ｔａｐ（竊聽）或Ｐ（毒藥）的對象啊。」

因為車內還有司機的關係，我用武偵術語嘀咕著，拿出裝了餅乾的紙袋——像是要證明我說的話一樣，解開袋上的蝴蝶結，打開袋子。

於是，我看到裡面裝著另外又用塑膠袋包起來的巧克力餅乾，以及——一封很像是在三麗鷗商店會賣的卡通人物花紋信封。

「『Ｆｒｏｍ望月萌』……？這啥……？」

裝在小信封中的信紙上，可以看到用粉紅色原子筆寫下的文字。字跡微圓，不過卻也很工整。正是萌寫的字。

『遠山同學：把這種信偷偷裝在袋子裡，真的很抱歉。』……？

我從一旁可以感受到，視力異常好的蕾姬也在偷瞄著信的內容。

『自從我跟遠山同學初次見面之後，每次相遇時，我都可以感受到遠山同學在我心中的存在越來越大。』

就在我讀到這段莫名其妙的開場白時……啪！

信突然被蕾姬搶走了。

「這個沒收。」

「喂，蕾姬。妳居然搶別人的信，也太誇張了吧？妳從剛才開始到底在生什麼氣？」

「我沒有生氣。」

「妳就是在生氣吧？」

「……」

總覺得這種對話，之前在京都也發生過呢。

哎呀，畢竟蕾姬雖然看起來呆呆的，但實際上個性很頑固；而且反正信的內容應該跟課業沒什麼關係。

既然會裝在卡通信封裡，應該就代表內容並不是什麼重要的事情吧？

如果有什麼重要的事情，萌應該會親口跟我說才對。畢竟剛才有那麼多時間可以說話啊。

沒轍了。我就放棄把信搶回來吧。

回到家後，我立刻就讓蕾姬進浴室泡澡了。

爺爺去參加戰友會，奶奶也隨伴同行。GⅢ不知道在想什麼，居然跑去逛五金雜貨店。因此現在家裡空蕩蕩的。

金女也不在。聽說她最近經常會去將棋俱樂部玩，還贏得了「巢鴨防禦師」的稱號，維持著不敗紀錄的樣子。搞不好就這樣成為一名女流棋士也不一定呢。

正當我一個人待在房間裡，看著雜誌喝茶的時候……

「我有話要對你說。」

泡完澡的蕾姬拉開拉門，害我當場就把茶噴出來了。

「喂……咳咳！妳那是什麼打扮啦！」

我在咳嗽的同時，趕緊利用轉身護體退避到房間的角落。

因為蕾姬她——

不知道為麼，居然「只」穿著一件我的襯衫，就跑到我房間來了。

不，正確來說，並不是「只」。因為她只有把上面數下來第二顆鈕扣扣上的關係，

讓我不小心偷偷看到了……她似乎有穿著平常那套樸素白棉內衣的樣子。

蕾姬來到房內跪坐下來，用襯衫袖口露出來的指尖關上拉門後……

「因為我判斷只有穿內衣的話並不衛生，所以向金次同學借來穿了。因為我沒有便服，防彈制服在轉學的時候就送去檢修，體育服放在學校，而睡衣在洗衣機裡，現在正在烘乾中。」

她雖然井然有序地對我說明著，但是──這、這是什麼打扮啊！

我沒辦法用道理說明，但就是有某種爆發性的刺激感。

上半身明明就用襯衫整個包起來了，雙腳卻從胯下一公分開始到腳尖為止全都露出來。

緊緻得恰到好處、宛如小鹿般的雙腳實在太小薄荷了。

不妙，看來我的腦袋已經開始失去理智了。快逃啊！

正當我這樣想的時候，啪！

忽然有一顆橡樹子擊中了我的眉間。

「痛啊！」

「我也要對金次同學提出警告。」

仔細一看，蕾姬的手上握著一把Y字型的彈弓，而且還是俄國特殊部隊會使用的軍用彈弓。

我才想說最近怎麼老是會被橡樹子打到頭，原來犯人就是這傢伙啊。

跪坐在地上的蕾姬，在她小巧的臀部旁邊，放著一個小小的布袋——

蕾姬從裡面拿出下一發子彈，放到彈弓的皮帶上……

「請你不要想跟望月萌同學建立關係。」

拉、咻！啪！

在我的眉間，跟剛才完全相同的地方，又被橡樹子擊中了。

「喂，住手！妳那把彈弓不是什麼玩具吧！要是打中眼睛怎麼辦！」

聽到我的抗議，蕾姬彷彿自尊心受損似地表現出不悅的情緒……

「我瞄準的是眉間。在這種距離下，我不會射偏的。聽好，請你不要抱著跟萌同學交合的打算。因為那是一種間接殺害她的行為。」

啪！完全一樣的地方又被擊中了。

「什、什麼交合……你在說什麼啦！」

「在烏魯斯有一句諺語：『狼並不能成為狗』。」

啪！

「妳之前明明就把狼當成武偵犬的說。」

「然後，『不可把狗變成狼』。」

啪！

我連話都還沒說完，橡樹子又擊中我了……！

「狼確實可以與狗交合，也可以生出孩子。但是——」

交、交合……原來是指那個意思啊？在說什麼蠢話……！

「狼雖然可以繼續當狼，但狗卻永遠無法再變回狗了。牠只能跟著狼，遠離安全的人間鄉里——與狼移居到殘酷的森林中，最後，因為與生俱來的弱小而喪命。」

碰！

我使出爺爺直傳的「翻桌」，將矮桌當成遮蔽物，或者說是臨時的盾牌。

接著，為了預防蕾姬的跳彈射擊，而退到房間的角落，透過窗戶上的倒影窺視那名橡樹子狙擊手的動靜。

而蕾姬則是將彈弓放下來後……

「因此，狼只能選擇與狼共處。」

用她那完全裸露的雙腳，一步一步走到我的面前。像是要開門一樣抓住矮桌，一拉。

接著蹲坐下來，讓視線配合癱坐在地上的我。

「……嗚……！」

簡直就像是在玩祕密基地遊戲的小孩子一樣——

在自己做的堡壘中全身僵硬的我，最後還是讓蕾姬侵入到盾牌內側了。

從剛洗完澡的蕾姬身上，飄來香皂的味道——以及蕾姬特有的微微薄荷香。

她茶褐色的眼睛，感覺並不是在責備我，而是看起來有種在為我著想的神色。

「過去金次同學曾經命令過我，『不准殺人』。因此，我也不能眼睜睜看著金次同學犯下同樣的錯誤——所以我反對金次同學與萌同學交往。至於補償的行為，金次同學可以現在在這裡用我來完成，我不會介意。」

她說著一些讓我很難懂的事情……

「然而，我明白金次同學正努力想要融入一般社會之中。也明白像這樣的嘗試行為，對金次同學來說是很必要的。因此——」

蕾姬在不知不覺中，對我露出了**笑臉**。那是只有看慣蕾姬的人才能分辨出來的、極度微小的表情變化。不過……卻是非常溫柔的笑臉。

接著，她用她可愛的聲音，低聲說道。

「——加油～加油～金次加油～」

蕾姬微微握起對她來說稍嫌長了一點的襯衫袖口中露出來的雙手，輕輕擺動了一下。

那或許是蕾姬經過思考之後，認為「幫人打氣就是要這樣」的動作……

沒錯——蕾姬其實是在幫我**打氣**的。

當我理解到這一點後，就算是如此遲鈍的我，也總算搞懂蕾姬至今為止的行動意義了。

蕾姬她……

其實並不是只為了要遵守過去的約定才跟我來的。

蕾姬是因為**尊重我的想法**——『想要成為普通人』這樣一個巴斯克維爾小隊中的其他人都會一笑置之的想法——而跟著我來了。

就算我變得再怎麼孤獨，就算我自己打算讓自己變得孤獨，蕾姬都會默默地跟在我的身邊。這不是因為其他任何人的命令，而是出自蕾姬自己的意志。

雖然我到最後還是不知道她為什麼要對萌的事情那麼執著……不過蕾姬願意對我無私奉獻的精神，我已經明白了。

我還真的是交到了一個好朋友啊。

我的內心確實被她打動了。其實我是很想當場給她一個擁抱啦……

不過她現在那種只穿了一件襯衫的打扮，實在有點……對不起，我辦不到啊。

4彈　鏡高菊代

爺爺、奶奶、我、GⅢ、金女以及寄宿我家的蕾姬——

全員到齊吃晚餐的日子，總是很熱鬧。

雖然成員有大幅變動，不過這人數就跟我爸媽還有大哥還住在這裡的時候一樣多啊。

在鋪著榻榻米的客廳中，男的盤腿，女的跪坐，圍繞在一張大矮桌周圍。

就連原本只會蹲坐的蕾姬，也在奶奶的教導下學會跪坐了。

「喂、金女！妳給老子把魚吃乾淨一點，這樣很對不住漁夫們啊！還有，不要把米飯掉滿地，每一粒米中可是住著八十八位神明啊！」

用日本風格如此管教著金女的爺爺，看起來也很高興。畢竟他本來就很喜歡熱鬧的氣氛啊。

順道一提，奶奶所做的菜，幾乎清一色都是日本料理。今晚是鹽燒秋刀魚、燉根菜、蛤蠣味噌湯配上白飯。

雖然光看桌上的話，會感覺是非常平凡的日本家庭在吃晚餐的樣子。可是……

「然後勒？老哥真的打算不幹武偵了？那就可以加入自衛隊殺人啦。恭喜你啊。」

說著這種話、將蛤蠣連殼帶肉啃在嘴裡的GⅢ，以及因為還不太會用筷子而把秋刀魚夾得亂七八糟的金女，兩個人都是美國出生的人工天才啊。

話說，GⅢ啊，拜託你不要一整天都把頭髮用髮膠定型起來行不行？以後可是會禿頭的喔？而且穿的衣服還是老樣子，每天都很怪。你是女神卡卡嗎？

「……」

另外，坐在我旁邊這位自從來到我家之後，被迫改掉每天吃卡洛里美得的偏食習慣的蕾姬，可是一位讓泣子也會閉嘴的S級武偵、就算放在兩公里遠的文庫書也能一彈擊中的狙擊手。

而坐在庭院負責處理剩菜、最近好像有點發福的艾馬基，原本可是德古拉伯爵・弗拉德的手下……

這樣的超凡成員組合，就不能想想辦法嗎？

「添飯。」

我無視於GⅢ剛才的那段發言，將空碗遞到他面前。

畢竟老是勞煩奶奶也不好，因此在我們家的規矩是坐在飯桶旁的人負責添飯。

於是GⅢ只好一邊嘀咕著「當我是你老媽啊」，一邊幫我添飯。

就在這時……嗡……

大概是被魚的香味引誘來的吧？一隻不合季節的蒼蠅飛了進來。
因為這裡是一樓的關係，難免會有蟲飛進來啊——
正當我這樣想的時候——唰！
超、超強的……！爺爺居然抓住那隻蒼蠅了，而且還是用筷子。簡直就跟宮本武藏一樣。
他剛才是配合蒼蠅的速度揮動筷子，從蒼蠅背後輕輕夾住牠的。原來如此，揮筷夾蒼蠅是要這樣做的啊。
「一寸小蟲亦是命。」
爺爺說著，就把沒被夾死的蒼蠅放到屋外後……將筷子拿到廚房去洗了……
看到這招，就連GⅢ跟金女都當場嚇呆了。
在場沒有被嚇到的，就只有專心吃著燉菜的蕾姬，以及——
「金三，還要蘿蔔泥嗎？」
眼神和藹地露出微笑的奶奶而已。
話說……金三……？誰啊？
「……要。」
啊，回答了。是臉頰微微泛紅的GⅢ。
看到我露出「？」的表情，金女就一臉賊笑地瞄著GⅢ，為我說明著。

「因為奶奶總是會把發音誤說成『機三』，所以就乾脆幫他取了一個日本名字呢～」

金三。也就是把GⅢ＝Golden cross Third直接翻譯過來啊。

不過GⅢ本人似乎並不喜歡這個名字，於是對現在知道這件事的我跟蕾姬瞪了一眼。

「老哥，還有蕾姬，你們可別用那名字叫我。叫GⅢ就行了。」

「我知道啦，金三。」

「我明白了，金三。」

「金三～」

最後是金女說的。

「你們這群傢伙……！」

GⅢ雖然差點發飆……

可是卻看到爺爺回到客廳來，結果又安分下來了。

看來這傢伙還滿有敬老精神的嘛。

吃完飯後，我為了將來可以有機會與同班同學聊天……於是看著綜藝節目或電視劇，想要吸收一些話題材料……

然而，抱著目的看電視一點都不有趣，害我看到一半就放棄了。

（這種事情如果換作是理子的話，應該就可以處理得很圓滑吧……）

我想著這種事情，意識到自己明天還是必須要去學校，就不禁變得鬱悶起來了。

至於我唯一可以依靠的萌，自從上次我去拜訪她家之後，她就變得在我面前都只會哭喪著臉說些「對不起、對不起喔，那封信你不要太在意」之類的話……

而且要是我太接近她，搞不好又會被蕾姬拿橡樹子攻擊了。

（到這種學校去，我到底是想做什麼？就算繼續上著我聽不懂的課，也一點意義都沒有啊。）

才剛轉學沒多久，就開始有逃學念頭的我，躺在自己房間的被窩中……

但是，我最近老是睡不好。

或許是因為毫無戰鬥的日常生活，讓我的神經變得很緊繃，開始有失眠的症狀了。

這應該是──某種危機吧？

感覺我的精神好像慢慢開始在腐敗了。

（搞什麼……明明就這麼和平……每天過著和平的日子，照理講應該不會有怨言才對啊……）

在和平的生活中，我的心理狀況卻漸漸變得危險起來。

難道放棄當武偵的人，大家都會有這樣的經驗嗎？

這麼說來，綠松校長好像之前也說過呢──

『從武偵高中出去的學生們，學力低、缺乏社會教養、從新學校退學的機率很高。』

也就是說，我也開始陷入這種典型問題之中了啊？

（不不不，不行這樣啊，金次……！）

我從被窩中爬起來，披上一件夾克，來到夜晚的室外走廊冷靜自己的腦袋。

我要更加油才行，就像萌一樣。為了成為一名普通人，我要努力啊。

（萌……這麼說來，萌她……）

——我忽然想到了，她說過她有在上補習班啊。

我也去上補習班吧。如果是補習班的話，課程內容應該就會配合程度較差的學生了吧？

雖然在預算上有點沒把握，不過只要我把武偵高中時代的裝備賣一賣，應該有辦法解決吧？比較有名的補習班，學費應該也不便宜才是。

如果讀書起來可以有趣一點的話，我的學校生活應該也可以變得比較愉快吧？

說到底，學校本來就是為了念書而存在的設施啊。

就在我思索著這個新點子的時候——

「……？」

在咱們家那塊還算寬廣的庭院角落……我看到GⅢ點著燈不知道在幹什麼，竟拿著美軍用的鏟子，專心翻著土。

或許是因為已經翻了很長一段時間而感到熱的關係，他滿是肌肉的上半身只穿著一件山岳迷彩色的汗衫而已。明明平常都喜歡穿得那麼華麗的說。

我穿上拖鞋走過去，嘗試對那位可疑人物搭話。

「喂，金三，別隨便挖人家的庭院啊。」

「小心我殺了你。還有，你家庭院就是我家庭院啦。」

「你是胖虎嗎……」

我調查了一下GⅢ堆在一旁的物資——

看來他應該是打算搭一座網棚菜圃的樣子。要種的是……番茄？

「你在做什麼啊？」

「老哥你腦袋是差到看不懂嗎？就是在改良土壤、栽培蔬菜啊。我雖然動員了所有部下進行品種改良，試圖讓作物的收穫循環可以加快，不過使用的原生種就是這個——熊本縣產的『權堂農園鹽番茄』。給你一顆吧。」

他說著，遞到我面前的是……一顆小小的番茄。

看它應該很乾淨，於是我咬了一口。明明就叫「鹽」番茄，卻很甜嘛。真好吃。

「我們到最近才發現了一件事：只有這種番茄才可以自然合成的一種化合物——一種由果糖、茄紅素之類的複數有機化合物進行交叉偶聯反應形成的特殊化合物——能夠解除我的『活命限制』啊。所以我要在世界各地種菜圃，一輩子吃這玩意。」

這麼說來……在GⅢ的體內，被可說是他親生父母的洛斯阿拉莫斯設計了一個防止叛變的機關呢。利用「沒有定期攝取某種祕密化合物，就會對生命造成威脅」這種非人道的方法。

不過現在那個化合物被發現了啊？恭喜你啦。

「所以才在種菜啊？真是辛苦你了。」

「你要同情就給我來幫忙啦。哎呀，畢竟一個人要活下去也是需要攝取水分、鹽分、維他命之類各式各樣的東西啊。我的狀況只不過是要再多攝取一項罷了。」

GⅢ手腳快速地架起網棚菜圃，熟練地將種子撒在土裡……他連這種事情都做得這麼順手啊，真不愧是人工天才。

「經過品種改良之後，這番茄的根部變得可以長出馬鈴薯了。我打算送給那老頭。」

聽到他這句聽起來好像很喜歡爺爺的發言，於是在這種時間吃著番茄的我就忍不住對他吐槽。

「話說，你在爺爺面前還真乖啊。我還以為你是個唯我獨尊的傢伙勒。」

「我只是對活生生的傳說——Die Hard表示敬意罷了。」

「終極警探（Die Hard）？電影嗎？」

「老哥……你至少學一下英文吧？Die Hard，就是死不了的意思啦。考試會出喔。」

「絕對不可能出的啦！」

「你知道日本很久以前有跟美國打過仗吧？」

「這我當然知道。」

「所謂的『Die Hard』，就是美軍對過去的敵對國家人員進行認定，認為就算未來再度爆發戰爭時，也必須要進行特別對應的『殺不死的士兵』——正確來說，是必須花費大量的人力與經費才能殺死而不合成本的士兵。美方對於這些人物是終生不會鬆懈警戒，而目前還活著的是日本三個人、德國兩個人、俄羅斯兩個人、伊拉克一個人。話說老哥啊……你明明就身為孫子，卻對遠山鐵的英勇事蹟完全不知道嗎？」

聽到GⅢ如此瞧不起我的一句話……

「……爺爺他，不太喜歡談戰爭時的事情。」

「你對他的敬意完全不夠啊，讓我告訴你吧。」

種菜工作告一段落的GⅢ……就這樣對我開始說起爺爺的事情了。

爺爺在舊帝國海軍中擔任少將，是零式戰鬥機的飛行員。

他在北太平洋阿留申群島附近遭到美軍的激烈對空砲火，沒辦法回到自己的母艦，最後墜落在凍結的大海中。到這邊為止的事蹟我也聽過，不過……

後來，他奮力游到舊日本領地——被雪覆蓋的小島，布雷斯克島——卻在隔了一天後，運氣很差地遇上三百名美軍登陸部隊，於是便一個人擋住了那批大軍。

多虧如此，當時在島上的一百名軍人及平民才得以平安撤退了。

不過爺爺在那場戰鬥中受了重傷，直到戰後才總算可以靠雙腳站立。

「因為戰機墜落時受了傷，所以到戰爭結束時都一直在醫院裡」、「同伴們是趁著濃霧成功撤退的」……爺爺本人以前是這樣隨便敷衍我的，不過我還真希望這些謊言才真的是史實啊……！

（到底在搞什麼啊，爺爺……那樣老美當然會被嚇個半死啦。）

看來咱們家最不平凡的人類，其實是爺爺啊。

雖然他本人現在是躺在房間裡，摳著屁股在讀賽馬雜誌啦。

為了能從非凡一家中獨立，我必須要成為一名優秀的大人。

所以說，我首先要能跟得上學校的進度才行。

因此，我照著之前所想的計畫，放學後來到位於明治大道上的知名補習班——「河井補習班」進行旁聽。總共九層的大樓居然整棟都是補習班，真是厲害啊。根本是我不知道的世界了。

「話說，妳為什麼會跟過來啦……」

「我只是走的方向跟金次同學一樣而已。」

因為依舊如此溝通困難的蕾姬也跟過來的關係，我只好跟她兩個人一起在上層的會談室中聽取各種說明了……

雖然我也沒啥資格說別人啦，不過，狙擊界的天才兒童，居然來上補習班啊。還真是有夠不搭。

（好啦，要參加哪一個課程呢……）

我看著補習班人員給我的簡介本，為了回家而坐上電梯……

「？」

嗯，怎麼回事？

一群在同一層樓剛上完課的學生們，居然紛紛擠到電梯裡來了。

我被擠到電梯的深處，將視線從簡介本上抬起來，竟看到那群人全都是女的、女的、女的。而且都穿著東池袋高中的制服，跟我還是同年級的呢。

這些傢伙在搞什麼？是盯上我跟蕾姬而坐上電梯的嗎？

「——我們是『讓轉學生湊一隊』的隊員！」「遠山同學跟矢田同學讓我們都快看不下去了！你們什麼時候才要開始交往呀？」「乾脆現在就交往吧！快！」

女生們對著我跟蕾姬你一言我一語地，表現得異常興奮……！

話說，什麼叫「湊一隊」啦？妳們取名字的品味簡直跟理子一樣啊！

「等、等一下，我跟蕾姬不是那種……」

我雖然想開口解釋，但那群女生卻立刻大叫「唉呦～居然直呼其名呢～！」「矢田同學也都是直接叫遠山同學『金次同學』呢～」讓場面變得反而更激動了。

（這、這在搞什麼……？）

難道在一般學校，男女之間是不可以直接叫對方名字的嗎？

就在我開始陷入混亂的時候，這群只要集體行動就會變得很強硬的女生們，竟然圍在蕾姬身邊，把她推向我的方向。

因為電梯空間狹窄的關係，讓我完全沒地方可以閃躲……再加上女生們讓我絲毫無法抵抗……

結果我跟蕾姬就這麼面對著面，將身體緊貼在一起了。

「來呀！遠山同學，矢田同學，鼓起勇氣吧！」

女生們大叫著，抓住我的左右手——想要讓我做出擁抱蕾姬的姿勢。

（妳、妳們到底是想做什麼啊……！）

她們當中甚至有人負責按住「開」的按鈕，讓電梯一直停在上完課後變得沒有人的樓層。這些傢伙，看來是因為發現我們到補習班來，就計畫了這次的行動啊！

「……嗚……！」

負責推人的女生們，用力推著蕾姬的背——而、而且還強硬地拉著我的手，想要讓我緊緊抱住蕾姬……！

「……」

甚至連面無表情的蕾姬都被她們把手繞到我背後了。

這下我跟矢田同學完全就是擁抱在一起的狀態啦。

不過，還好蕾姬的胸部大小是亞莉亞以上、華生以下，算是比較安全的……等等……！

……蕾、蕾姬……！妳、妳最近是不是又稍微變大了啊？

就在我察覺到這一點的瞬間——撲通——！

來、來啦，出現啦，是爆發性的心跳。明明就是在這麼異常的狀況下……！

「啾！」「啾～！」「快啾！」「啾啾！」「啾～！」

妳們這些人……是老鼠集團嗎……！

不過我跟蕾姬，現在就是被這群老鼠妹逼到絕境了啊。

不快點把這群「啾」個不停的「湊一隊」安分下來，我們就沒辦法回家啦。

而且——要是讓蕾姬的胸部繼續壓在我身上，會變得很危險的。不管是蕾姬，或是這群女生。

如果我變成爆發模式的話，我可是會瞬間讓所有人都遭遇慘事的啊。

「蕾、蕾姬，把頭抬起來，把胸部往後仰……！」

聽到我這麼說，女生們似乎以為這是「親嘴的準備動作」而開心尖叫起來。

然而，她們錯了。雖然只能算是臨時對策，不過這是為了讓胸部之間的密合度能降低的一種姿勢變換。

可是，我如此嚴密的計畫，卻好像沒辦法傳達給蕾姬知道……

她竟然、不願意抬起頭來。

而且還把臉埋在我的胸口上，動也不動。

「妳怎麼了，蕾姬？快照我說的做啊！」

我說著這番似乎讓老鼠妹們又更加亢奮的話，對蕾姬再度發出命令——

結果蕾姬把臉微微轉向一旁……

……翻起眼珠看著我了。

她似乎誤以為我要在大家面前對她親嘴的樣子，而那張臉……

……在、害羞啊。

雖然一如蕾姬的特色，只有細微的表情變化。不過，我可以看得出來。

自從校外教學I之後，我就發現在蕾姬的心中，漸漸開始有感情在萌發了。但是……

這種、害羞的態度……

害羞的、蕾姬。

好……好可愛。

就是因為她平常都沒什麼表情的關係，這、這份破壞力簡直是——

——撲通——！

（呵……）

我——微微苦笑了一下。

蕾姬啊蕾姬，原來妳……是如此可愛的女孩子啊。

不過，其實**現在的我**早就知道了。打從初次相遇以來，我就知道妳很可愛了。沒辦法察覺到女孩子隱藏起來的可愛之處，是一種罪。對世界的一種罪啊。

為了誇獎妳光是靠著害羞的樣子就讓我進入爆發模式——

我真的很想給妳好幾百個熱情的親吻，讓妳甚至會當場昏過去呢。但是……

「——我明白妳們的心意了。」

我這樣說著，同時判斷出包圍著我跟蕾姬的這群女孩子們力道的流向——

接著伸出左右兩根食指，有點冒昧地觸碰一下女性們的衣袖，輕輕靠手指的力量操縱著她們。讓她們因為自己身體的力量，而全員擺出立正的姿勢。

「咦、咦？」「？」「怎、怎麼回事？」「呃……？」

女生們各個都因為搞不清楚自己發生了什麼事而睜大了眼睛……

不過，其實在爆發模式之下，要像合氣道一樣誘導別人的動作，根本就是輕而易舉的一件事啊。

不管是什麼姿勢，我都能讓妳們擺出來。而且是靠妳們自己的力道。

「不過，我必須要公平地尊重每一位女性的心意。現在在這裡——也要考慮到蕾姬的心情。妳們之中有誰會希望在別人面前被親嘴的嗎？舉手給我看看吧。」

用右手抱著蕾姬，表情變得很精幹的我，對女生們露出微笑後——

澎澎澎澎——！

她們全部的人都頓時紅透了臉，張著嘴巴呆站在原地了。

嗯……這群喜歡惡作劇的小老鼠們，看來已經沒問題啦。

至於打算舉起手的女孩，我就用笑容制止她吧。我記得妳好像是叫市居同學吧？不可以那麼輕易賤賣自己喲？

我接著……用右手將蕾姬的頭抱近我臉旁，並且將嘴脣湊到她耳邊。

因為我在爆發模式下的腦袋，靠著充裕到不行的記憶體效能，察覺到一件事情了。

那就是，除了這群女生之外，**還有其他人也在跟蹤我跟蕾姬**。

「——雖然不是什麼厲害的角色，不過蕾姬沒辦法進行肉搏戰。妳現在就暫時撤退，先回家去吧。」

聽到我這麼一說……

「……」

蕾姬似乎也察覺了狀況，而用擔心的態度抓住我的制服。

「……妳覺得妳的主人有那麼弱嗎？還是說，蕾姬是不允許我去夜遊的類型？哦哦，如果是這樣的話，我會對於跟蕾姬的將來感到有點不安呢。」

我閉起眼睛，在蕾姬的耳邊像是在催眠般說著。

「…………」

就在我說到「跟蕾姬的將來」時，蕾姬又表現出些許的感情——彷彿抱著期待的樣子，對我用力搖搖頭。很好，看來是得到她許可了。

「晚安，蕾姬。謝謝妳跟我一起來，我很高興喔。」

我將蕾姬從手臂中放開後，自己一個人走向電梯外，順便讓負責開著電梯門的女孩子輕輕把手放開按鈕——

接著從準備關上的電梯門縫間，對大家拋了一個媚眼道別。

從聲音判斷起來，電梯中似乎有女孩子當場昏倒了。也有女孩子噴出鼻血來。

啊啊，對小女孩們來說，現在的我送出的視線實在太刺激了吧？

隨後，在我的腦海中——浮現出蕾姬之前說過的那句烏魯斯族諺語的前半部——

（『狼並不能成為狗』……）

這句話在我的腦中不斷迴盪著，同時湧起了一股不好的預感。

隔了一段充裕的時間後，我從樓梯走到一樓——

來到大樓正面的明治大道、夜晚的人行道上。

而在隔著護欄的道路上——

「遠山——！拿錢來——！」

「別說你忘記啦！」

果然，騎著那輛改造機車的藤木林跟朝青就在那裡埋伏著我。

藤木林手上戴著便宜的手指虎，朝青則是拿著一根金屬管。

在現場的周圍，可以看到很多補習班剛下課的學生。讓人困擾的是，當中也有東池袋高中的學生。

觀眾稍嫌多了一點，不過……算了，沒差。

雖然這次的我是在爆發模式之下，但反正要做的事情還是一樣啊。

短編鬧劇——「超強的不良雙人組與乖乖挨打的我」，第二幕開始啦。

為了不要讓蕾姬被牽連進來，我就多爭取一點時間吧。

「很危險喔，會受傷的。」

首先，我對圍觀的女孩子們進行著疏散的動作……

「你這小子，別說得一副事不關己的樣子！」

結果，藤木林就抓住了我的肩膀。

於是我順著他的力道，裝出被他拉過去的樣子……故意讓朝青的膝蓋踢中我的腹部，同時將身體彎曲起來。雖然他踢的角度又差，感覺又像只是被摸了一下而已，不過我還是表演出「好痛喔」的樣子。

隨後，我的心中湧起一股想惡作劇的心態——故意誘導這兩個人的位置，讓他們互相擊中自己的同伴。當然，是只有在他們沒有用武器攻擊的時候。

這兩個人就這樣彼此互毆而變得淚眼汪汪，又是不到三分鐘便氣喘吁吁了。

就在這時……

（那個——好像不太妙啊。）

我的視線看到了車道上的一輛車子。

那輛全黑的 TOYOTA CENTURY，包括駕駛座與副駕駛座在內的所有車窗都貼了黑色的貼膜，讓人沒辦法看到車內的情況——那是一種違法行為。

這種車……不管是誰看了都很清楚。

是**黑道**的車啊。

我雖然從一開始就發現到它停在稍微有點距離的路邊，看著我們這場鬧劇……

但是現在，它漸漸在靠近我們了。

……那輛 CENTURY 在我們身邊停下來後，微微打開後車窗。

「我說你們，住手吧。」

藤木林與朝青似乎萬萬沒想到會有黑道來到自己的背後——兩個人都當場臉色發青了。

「這個人，跟你們的等級差太遠了。」

聽到這個似乎在說我的女性聲音……我的臉色也微微鐵青起來。

因為我爆發模式下的耳朵，聽出了這個聲音。

雖然大概是因為成長的關係，讓嗓音變得有點沙啞了……但是這聲音……真的很不妙啊。

然而，除了這個聲音的主人之外……

「讓老子來吧。」

一名將手掛在副駕駛座車窗上的壯碩男子，打開門走了出來。

他穿著一條像硬式搖滾歌手的皮褲，剃了一頭金色的小平頭，耳朵上還戴著耳環。

明明是冬天卻只穿著黑色的汗衫，應該是為了讓別人看到他手臂上的刺青吧？

（這男的……我以前有在雜誌上看過啊。）

國際拳擊聯盟・環太平洋輕重量級的前任拳王——伊澤里昂。

他是日本與南美哥倫比亞的混血兒，褐色的肌膚與充滿肌肉的體格，看起來完全不像個日本人。

據說他以前是個關東一帶有名的暴走族老大，沒想到從拳擊業退隱之後是在當黑道啊。

正因為這種一看就知道不太妙的傢伙登場的關係……

原本在圍觀我們打架的補習班學生們也紛紛發出恐懼的聲音了。

「——別擔心，看來對方是指名要找我啊。」

我為了讓被嚇壞的藤木林與朝青不要陷入恐慌狀態，而對他們笑了一下……

「喂，你在看哪裡！」

結果一邊折著手指一邊接近我們的里昂，就一把抓住我的衣襟，讓我把頭抬起來。

接著，他彷彿是在恐嚇我一樣皺起眉頭，凝視著我的臉——

「哦哦，這小子確實很強啊。」

既然你知道的話，就別說話行不行？

要是我稍微舉一下手，你可就咬到自己的舌頭啦。

不過……看來這傢伙也多少有些看穿對手性能的能力啊。

介於職業與業餘之間，算是準職業的吧？

「我勸你不要亂來比較好喔？」

我姑且警告了他一聲，但是——

「別擔心，因為老子也很強啊！」

碰——！里昂一拳打在我的身上。

雖然因為距離太近的關係，讓威力半減，不過這感覺確實有真功夫。

我讓他的手放開我的衣襟，假裝搖晃一下——也免了，就很普通地跟他拉開一點距離。

（如果是跟藤木林或朝青一樣程度的傢伙，我就能蒙混過去的說……）
可是這傢伙，沒那麼好騙。
看來這一架，不打不行的樣子。
為了不要牽連到圍觀的學生們，我也不能開溜啊。
（……該死，我好不容易才要融入普通人之中的說……）
在我的心中，一股怒氣滾滾湧了上來。
現在大家都在看——這樣不是會害我身分曝光了嗎？
不過，事到如今也只能豁出去了。藉口等一下再想吧。像「這是在拍整人節目」之類的。
「……」
放棄掙扎後的我，腦袋就像變了個人似地冷靜下來。
「——喝啊！」
里昂大叫一聲，巧妙地移動重心縮短距離，對我「唰！」地揮出一記直拳。
但是，太嫩了。你是個拳擊手，不懂踢技、組合技、纏身技、摔投技，也不懂利用建築物或地面的戰鬥方式。更不要說是徒手格鬥（CQC）中不可不知的頭槌或啃咬的方法，對人體要害的知識也只是半吊子。
你所擁有的技術，終究只是一種運動罷了。

而且很抱歉，我沒打算陪你玩拳擊。

里昂「唰！唰！」地接連使出確實很銳利的左鉤拳與右手腹擊，然而——

「里昂，左邊，警察來啦。」

我一邊推開攻擊，一邊對他如此說道。於是他立刻驚訝地轉頭看向左邊。

我接著向前踏出一步，彷彿要將他的頭再轉回來一樣，「碰！」地對他的下巴推出一掌。

「——嗚……！」

里昂像是引起了腦震盪似地踉蹌一下，往後退了下去。

當然，根本就沒有警察來。那是欺敵戰術。這傢伙還真容易上當啊。

可是，里昂看起來似乎還打算繼續的樣子……

「那我就利用一下擂臺柱啦。」

於是我小跑一段距離，跳到一根禁止停車的標誌牌柱上，縮起身體——

——碰！

利用類似蹬牆的技巧，一口氣伸直雙腿踢向里昂的臉、手臂、背部與腳。

因為只要這樣做，不管是誰都可以使出即使是拳擊手的拳擊也達不到的力道啊。

周圍的學生們頓時「嘩！」地歡呼起來。

「嗚喔……！」

而里昂則是用力撞翻了路旁的垃圾桶後，一屁股跌在地上……咚……！後腦勺直接敲在柏油路面上。

喂喂喂，你連護身倒法都不會啊？

「～～……！」

里昂露出一臉想嘔吐的表情，原地打滾著。想必他現在看到的景色都是歪扭的吧？

畢竟在拳擊比賽中，他應該從來都沒有被擊中過後腦勺。因為比賽規則上有禁止，而且還有被保護住。但是在實戰格鬥中，那部位可是最容易被對手盯上的要害之一啊。

「……嗚……！」

里昂抓住路邊的護欄，好不容易才把上半身撐了起來。

不過，他似乎還站不起來的樣子，依然坐在地面上。而且還用充滿怨恨的眼神抬頭瞪著我。哦～好可怕好可怕。

而我則是睥睨著里昂——

看到如此明顯分出勝負的場景，周圍的學生們都大聲喝采起來。

「該死……！」

似乎已經明白自己的拳擊對我無效的里昂——忽然將手伸向背後，準備拔出藏在皮褲中的手槍。

「……我勸你住手吧。」

從剛才就發現那個玩意的我，也回瞪了里昂一眼。

拿槍打架也真是有夠嗆的了，但是拿那東西對付我不太妙喔？

「嚇、嚇到了吧？」

似乎誤解了我意思的里昂，露出一臉賊笑後……握住手槍的握把。

「不是。是因為那樣我會很難手下留情啊。」

聽到我這句話──

里昂微微皺起了眉頭。

他大概是察覺到我說的話並不是在騙人，或者至少有這個可能性吧？

但是，因為有黑道在背後看的關係，似乎讓他無路可退了──

「──去死啦！」

變得自暴自棄的他，拔出了一把自動手槍──馬卡洛夫ＰＭ，對準我。

四周頓時發出了陣陣尖叫。

學生們大叫著「是手槍啊！」四散而逃。

而在看到里昂的手臂肌肉做出準備動作時就已經開始行動的我則是──

從左撇子的里昂張開腋下的左側逼近他，用右手抓住槍身後部，將手指伸進擊槌與槍本體之間——這樣一來，他首先就不能開槍了。

緊接著用左手按住里昂的淺指屈肌，讓他失去力氣後，搶走手槍。並且在搶走的同時，卸下彈匣、滑動套筒排出已上膛的子彈、空擊一發讓擊槌歸位……

……呃，不妙。

因為這一套動作如果不能在五秒內完成的話，會被蘭豹揍得很慘，所以早已經變成一種習慣了。結果我現在竟然就這麼流暢地完成了這套之前在強襲科做過幾百次的「收拾工作」啦，而且還是在大庭廣眾之下。

——看到我這動作的里昂，咂了一下舌頭。

「你這傢伙……是職業的吧？」

「我聽不懂你在說什麼勒。」

我看里昂似乎沒有帶備用彈匣的樣子，於是將空彈的馬卡洛夫還給他之後……

不可思議的是，我居然感到有種爽快感。這些日子來的焦躁心情都像是假的一樣。或許是因為即便只能算遊戲程度，不過還是戰鬥了一場，而且還有摸到槍的關係吧？

「所以我剛剛不是就勸你別亂來了嗎？」

我輕輕摸一摸里昂的小平頭——同時因為我從一開始就在視野角落看到的一個人影嘆了一口氣。

——其實，萌也在圍觀人群之中啊。

而現在，她就站在河井補習班的玻璃大門內側……露出「我眼前到底是發生了什麼事？」的表情，看著我這裡。

萌以前確實說過她也有在補習……但我沒想到居然就是這裡。運氣真是太背了。

話說，拜託妳不要用那種明顯跟我有關係的眼神看著我啦。

黑道們的眼睛可是很尖的喔？要是被他們發現妳跟我有關係的話要怎麼辦啊？

話雖如此……我也不能出聲叫她離開啊。那樣才真的是此地無銀三百兩勒。

「——就在那裡！站住——！你們在幹什麼——！」

啊……

剛剛我只是在欺敵而已，沒想到真的有警察伯伯從車站的方向跑來啦。

我才想說補習班怎麼好像對這場騷動表現得事不關己的樣子，原來他們有打電話通報啊。

不過，因為路上行人過多的關係，警察們光是要穿梭在人群裡就很困難的樣子。

就在這時，從 CENTURY 的後座——

「謝謝你囉，幫我治療了這個沒腦的小子。」

一名故意把現代風格的改造和服穿得很鬆垮、將色彩鮮豔的褐色長髮用花的髮飾綁起來的黑道女走下車來。

她雖然眼神看起來有點凶惡，不過是個美女，或者應該說是美少女。畢竟就算外表看起來很成熟，她也只有十六歲而已啊。

「……我可不是醫生啊。」

我對這名美女很熟悉，一開始聽到聲音我就認出來了——鏡高菊代，指定暴力團・鏡高組的公主大人。

「遠山，我們來約會吧。**現在的遠山**，是不會拒絕的遠山吧？」

說著這番話的她，對我也很熟悉。

其實，我們之前就認識了，而且還有過一段複雜的因緣啊。

「……」

現在的狀況看起來，她似乎不打算隨便放我走的樣子。

而對於處在爆發模式下的我來說，來自女性的邀請也很難拒絕——

「我知道了，就來約會吧。畢竟要是『發出聲音』的話，菊代還要花錢進行善後工作呢。」

我針對拿著一把烏茲槍、透過CENTURY的車門縫瞄準我的駕駛稍微抱怨了一下後，跟菊代一起……坐進了車後座。

「菊、菊代小姐，還有我……」

面對用手摸著似乎還很痛的頭部、想要坐上車子的里昂，菊代則是……

「忍耐一下，你好歹也是個男人吧？看，警察要來啦，快用你的雙腳跑吧。」

丟下這句話後，她就「碰！」一聲把車門關上了。

里昂踏著蹣跚的步伐，不過卻很巧妙地逃進小巷子裡。

看來他已經很習慣躲警察的樣子，我不必擔心他會被抓了。

「既然只是要找我約會，用不著這麼大費周章吧？」

「我想說裝成是綁架，遠山應該也會比較輕鬆才對呀。」

在起步回轉的CENTURY車中，菊代透過後照鏡──在看著萌呢。果然被她發現了。

萌剛才雖然跟著補習班的老師躲到大樓內避難了……可是當我坐上車子之後，她又跑到人行道上東張西望，明顯就是一副在找我的樣子。

「那妞，是遠山的『那個』？」

菊代露出似乎不太高興的表情，對我豎起小指。

「我不認識她。」

「遠山，你為了保護女性時說的臺詞也一點都沒變呢。」

菊代對我說的話露出陶醉的表情，將身體靠到我身上。

奧迪紅色毒藥的香氣，讓我不禁回想起過去的往事──我雖然不太喜歡香水的味道，不過這個香氣……我並不討厭。而菊代也很清楚這件事。

在車窗外，斑馬線、自動販賣機、特種行業的招募廣告等等景象快速流向車後。

我可以清楚看到路旁的皮條客們紛紛對著這輛車子低下頭來的樣子。

（事情變得複雜起來啦……）

菊代將頭靠在我的肩膀上哼著歌。

這時，體格壯碩、在臉上留著大傷疤的駕駛對她問道。

「五代頭目，請問是要去事務所嗎？」

「不，去紅寶石。集合全部的幹部。」

一如以往的習慣，菊代微微把臉別向斜前方發出命令。

她那宛如在鬧彆扭的動作意外地很可愛。我為了不要讓爆發模式變得更嚴重，而稍微離開菊代的身體，裝作是在環顧車內的樣子。

「這車不賴嘛。」

畢竟CENTURY確實是豐田系列中出類拔萃的高級車啊。我還是第一次坐呢。

「給你吧。」

「……免了。不過這也許是我的偏見，我還以為菊代會比較喜歡賓士的。」

「我是有呀，不過是拿來玩的。畢竟外國車在重要時刻故障的話，也很麻煩不是嗎？在美國，黑手黨也比較喜歡日本車呢。不過，如果遠山想要的話，我那輛賓士S

600也給你吧。」

菊代……妳只要聽到我誇獎妳的東西，就會說『給你』的習慣也一點都沒變呢。

「——話說回來，我沒想到居然會被菊代發現啊。」

我露出苦笑含糊帶過——一邊看著車子開上不忍大道，一邊轉變話題。

「呵呵，你可別小看黑道的情報網喔。藤木林跟朝青那兩個人，跟我組織的小嘍囉認識呀。而他們炫耀自己打架打贏的事情，就傳到我的耳裡啦。」

菊代對我說明完後，原本拿著手機在小聲通話的駕駛便透過後照鏡看向我。

「客人，請問里昂要怎麼處置？我們已經抓到他了。呃，簡單來說，就是請問要不要砍了他一根手指或是……」

「喂、喂，放了他吧。在咱們學校……我是說我以前待的地方，那種程度的打架是五分鐘就來一次的啊。」

「是，我明白了。」

這些人還真是有夠危險的。消息比警察還靈通，做事手腳又快啊。

在背後默默救了里昂一命的我，搖搖頭後……

「我以前是知道妳父親的職業啦，只是沒想到妳已經繼承家業啦？」

「前任組長（爸爸），被殺了。在鬥爭中。現在是我在當組長。」

菊代她——當我還在神奈川武偵高中附屬中學就讀的時候，很敏銳地察覺到我爆發模式的事情……結果有事沒事就會把我當成獨善主義的「正義使者」，讓我為她作牛作馬。

她原本預定進入諜報科之類的科目就讀，將來成為一名有黑社會管道的武偵。可是卻在培訓途中就輟學了。

她當初臨時轉學的理由是**家庭因素**——原來是這麼一回事啊。

「呵呵，真開心呢，可以跟我的英雄共享晚餐。」

菊代說著，瞇起她那雙比實際年齡還要成熟嫵媚的雙眼……

這時，CENTURY就在一家被白色微光照耀、但招牌卻很花俏豔麗的餐廳前停了下來。

「紅寶石」是一間位於千石町、只招待熟客的店家。

那也是當然的……因為這棟建築物從設有餐廳的地下一樓，到充滿可疑氣氛的地上樓層，全都是屬於菊代的。只有跟她有關的人物才能進來，簡單講就是一棟**黑道大樓**了。

「……」

一如店名的紅寶石色與金色所搭配出來的華麗店內——當然，完全是包場狀態。

裡頭的服務生們都穿著幾乎可以看到內褲的中國旗袍式連身短裙，而露出微笑迎接我們的接待小姐們則是穿著五顏六色的露肩禮服……大家清一色都是美女。這裡難道是什麼龍宮嗎？

不過，在店內之所以會到處擺著養了金魚的水槽——其實是在強烈暗示著「我們不會在食物下毒的啦，要懷疑的話，就把食物丟進來看看呀」。看來這裡果然是「那方面」的店啊。

看到我微微蹙著眉頭走在店裡的樣子，擺動著像金魚尾一樣的和服衣襬、走路像模特兒一樣的公主大人便問了我一句。

「這家店你不喜歡嗎？去壽司店是不是比較好？」

「不，這裡的新舊火藥味讓我很舒服。只是……女性稍嫌多了一點啊。」

「——喂，妳們給我退下。」

光是聽到我小小抱怨一句，菊代就一口氣把所有小姐們全都趕走了。

接著，我們走進一間位於深處、裝潢看起來就是砸了很多錢的寬廣包廂內——可以看到房間裡擺了一張大回轉桌，上面放著根本讓人吃不完的料理與美酒。包括剛才車子的事情在內，豪爽氣派的排場就是他們這些黑道表示親愛、歡迎的表現。

要是跟他們客氣拒絕的話，反而會傷了他們。

（哎呀，跟賓士比起來，這還算是便宜的了……）

於是，我就跟那群臉上露出迫不及待的表情看著我——全都別著金色徽章的鏡高組幹部們坐到同一張桌子上了。

哇……超可怕的。雖然跟進入武偵高中教務科時比起來，只有三成左右的嚇人程度啦。

「……」

看到我坐下後，大家又再度凝視著我的臉。

隨後，每個人都「哦哦」地露出認同的表情。

拜託你們不要認同我啦。

（畢竟黑道分子們很擅長**看穿對方**啊……）

用武偵用語來講的話，就是「分析敵我戰力」了。簡單講，他們這些人總是可以很快、而且很正確地判斷出對方比自己強還是弱。

這也是當然的，畢竟做黑道的要是沒有吸取弱者、拉攏強者的能力……不但會沒辦法飛黃騰達，最糟的狀況下搞不好還會死哩。真的。

正因為這樣，跟**組織**有關的潛入搜查都會很困難，多半都會交給專門的武偵處理。

「——看，是個好男人吧？」

坐在我旁邊的第五代組長——菊代，微笑著將我展示給大家看。

「是的，這位客人的眼神非常好。那是經歷過無數險境的眼神。」

似乎兼任菊代保鑣的駕駛，說著跟爺爺一樣的話。

「啊哈～這少年比黑道還可怕啊。」

穿著極細條紋西裝、活像個首席男公關的美男子，將手繞在頭後方笑著。講話的態度輕浮，還露出彷彿只要是女人都會為他傾倒的表情。

「嗯，雖然臉看起來溫和，不過很有魄力啊。」

根據菊代的介紹，這位光頭原本是一名摔角手。刺青甚至刺到了脖子的地方。

「說得沒錯。居然會有這樣的孩子存在，這世界真是無奇不有。」

這名宛如一流公司職員的高大男子，似乎是組織的智囊。東大法學部畢業。

在場所有人都露出充滿興趣的眼神看著我——他們似乎已經理解了。

剛才的里昂就是這方面的判斷錯誤了，不過這些人已經明白，如果跟**這個我**打起來的話，不用一分鐘他們就會全滅的事情。

哎呀，這樣我也省事多了。要是有人說什麼想試身手的話，也只是徒增被害人而已啊。

「遠山，要喝點東西嗎？」

菊代說著，將手伸向桌上的ＸＯ酒瓶。

「我不喝酒。畢竟我未成年啊。」

「這樣喔？」

接著，菊代拿出了一根菸斗，用塗了口紅的嘴唇叼起來後——

坐在她身旁那位像男公關的幹部便立刻點起一根火柴。

菊代對我苦笑了一下說道。

「……每次都是這樣，所以我的都彭打火機總是派不上用場呢。」

而我則是小聲回了她一句「菸還是別抽了吧」，結果菊代立刻就把菸斗遞給那名男公關——同時拿起裝了水的杯子，「嘩！」一聲澆在那名東大畢業生已經點燃的細雪茄上。

「不准抽，他不喜歡呀。」

也不想想自己做過的事情，就在生別人的氣。這種推卸責任的態度簡直就跟亞莉亞一樣啊。

我雖然對剛才這一幕感到稍微有點不對勁，不過還是決定暫時不管，而是——

「——我不喜歡的，不只是菸啊。」

我環顧了房間內的所有人後，再度把視線看向菊代。

菊代立刻就察覺到我對這些幹部們敬而遠之的態度……

「你們回去。」

或許今晚本來就只是打算互相介紹而已，於是幹部們都乖乖地從座位上站了起來。

雖然……他們實在太乖了，讓我感到有點疑慮啊。

「……遠山，怎麼樣？我、那個……是不是比國中的時候又變得更美了？」

菊代跟爆發模式下的我變成兩人獨處之後……收起了她剛才那種成熟的態度，而開始表現得有點扭扭捏捏起來。

「——既然是事實，我就不否定了。」

聽到我的回答，菊代在我身旁低下了臉，彷彿在大叫「好耶～就是這個！」的樣子，享受著我的反應。接著，她露出愉悅的表情說道。

「我媽媽呀，原本是一名女演員呢。她是個加拿大人。聽說我最近變得跟她越來越像了。」

「是這樣啊？難怪妳頭髮的顏色看起來會比較亮。不過，妳國中的時候根本沒跟人說過這些話啊。」

「我爸媽的事情，除了你之外我不會跟人講的啦。」

菊代微微泛紅著臉頰，將手伸向餐點。

（話說回來……嗯……這頓飯我該吃嗎？）

如果是普通人的話，光是跟暴力團的人一起吃飯就有問題了，不過武偵要另當別論。之前也已經有過這樣的判決了。而我現在，還留著我的武偵證照……

另外，要是我浪費食物的話，會被爺爺揍的。於是我夾起了一點魚翅來吃。

這……真是超好吃的。不只是廚師的功夫了得，食材本身就很高級啊。

雖然沒有下毒，但是吃這麼美味的食物搞不好對身體就是一種毒了呢。

「——那麼，我先給你剛才的補償費吧。這樣夠不夠？」

菊代拿出一個手提箱，亮出裝在裡面大約三千萬元的鈔票給我看……

「免啦，這頓飯就夠了。」

我還是拒絕她了。雖然其實我是很想拿個一、兩張啦。

高級車、華麗的餐廳，加上現金——

這些提供行為，其實對黑道來說就是像宣傳費一樣的東西。

他們雖然不能光明正大地把招牌亮出來，不過取而代之的就是利用闊氣的態度，來對各界首腦以及同伴們展示出自己「生意」做得很好。

像剛才的那群幹部們，身上也都穿著一眼就可以看到的 Versace 西裝跟勞力士鑽錶。

雖然那誇張的樣子看起來像在搞笑一樣，但這並不是代表做黑道的大家品味都很差勁，而是對他們來說，「讓人明顯知道價格昂貴」是很重要的一件事。

不過話說回來，菊代的組織也未免表現得太明顯——賺得太多了。

「——最近的黑道不是都盡可能希望不要太顯眼的嗎？」

我一邊吃著北京烤鴨，一邊稍微試探了一下……

「我們這邊比較傳統啦。」

……結果菊代微微露出像是在隱瞞的眼神，含糊過去了。

我就當作是消磨時間，稍微再試探一下吧。

反正在這盤菜還沒吃完之前，她應該都不會放我走吧？

「菊代家現在是在做些什麼？」

「呵呵，你猜呢？麻藥、保護費、違法股東、高利貸……這些我們現在全都禁止了。搞不好是在廟會擺攤販喔？」

「別跟我打哈哈。我至少想知道自己在吃的東西是用什麼錢買來的。」

看到我露出不悅的表情，菊代立刻幫我倒了一杯烏龍茶後……

「——中國。」

用「我是說真的」的語氣對我如此說道。

……原來如此。這間中國料理店，就是一種暗示對吧？

而且，感覺這是她真正想找我談的主題。

「在我們業界，對於跟海外的合作存在著保守派跟共存派，而我們鏡高組從以前就是共存派的。因為我們不像其他大組織一樣有強大的金援，而且……自從我接班之後，在國內幾乎都沒有人願意理睬我們了。」

哎呀……我想也是。

跟電影情節不一樣，現實的黑道是非常徹底的男性社會啊。

雖然看到剛才那些幹部就知道他們當中沒有能夠擔當頭頭的人才，不過在無可奈何之下讓菊代接班——卻成了他們組織的弱點。

「你知道嗎？在海外受歡迎的日本東西，不是只有車子跟動畫喔。黑道也是。不管是哪個國家的黑手黨，都會很歡迎我們國家的黑道。」

這我也知道。

即使綜觀國際，黑社會不管到哪裡都是資金等同於力量。

而日本的黑道，就是擁有很多不管怎麼說還是很有力的日幣資金啊。

「所以我們就為了一口氣逆轉局面，而去跟中國的**大組織**合作了。現在的錢是我們投資澳門的賭場，然後回收回來的經費。當然是合法的。你就放心吃吧。」

菊代露出宛如跨國企業經營家一樣的表情，瞄了我一眼。

「你們是跟哪裡聯手的啊？中國黑社會的名字，我也知道幾個。」

「是個很厲害的武鬥派喔。我想遠山應該也會中意的。要不然，乾脆就見個面吧？剛好現在有中國那邊的幹部來日本呢。聽說他們正在參加什麼世界性鬥爭的樣子，很想要跟像你這樣的超人交朋友喔。」

菊代刻意不把組織名說出來，應該是在顧慮中國方面吧。

也就是說，對方是個相當有名的組織了。老天。

「免啦。我又不會說中文，而且我才不是什麼超人。」

「你用不著跟我裝傻，我很清楚的。黑道到頭來講究的還是氣勢，我們也很想要強力的人才呀。」

「……妳這是叫我加入你們組織？」

「沒錯，我們來交杯，結交義兄妹吧。」

聽到菊代如此乾脆地說著這種話……我只能苦笑了。

「我已經有妹妹啦。」

「你有妹妹？是武偵嗎？」

「是啊，雖然我也是到最近才知道的。」

「那就帶你妹妹一起來吧。我們黑道也很缺人才呢，就算是武偵我們也會中途採用喔。畢竟跟自衛隊或警察一樣，很快就可以適應組織了。幹部會議上一定也會全員贊成的。」

「幹、幹部會議嗎……」

「如果是遠山的話，一定可以成為日本第一、不、世界第一的黑道。就像艾爾・卡彭一樣可以名留青史呀。然後、我就是、那個、大老婆……開、開玩笑的啦。」

她雖然嘴上說是開玩笑，不過看著我的眼神卻非常認真啊。因此——

「——我不幹黑道的。」

雖然已經吃人手軟了，不過我還是嚴正聲明一下吧。

我現在可是在拚命特訓，想要成為一名普通人啊。

可是妳居然跟我說什麼黑社會歷史上的名人什麼的，饒了我吧。太扯了。

「這……這樣呀。真是失望。猴老師應該也會很失望吧。」

菊代她……好像不小心說溜嘴似地，說出了一個人名。

——猴。

那就是對方幹部的名字嗎？

菊代大概也發現到自己稍微失誤了……

再加上我拒絕了跟她的交杯，於是，這個話題就此打住了。

「那我今晚就到這邊……」

菊代預測到我接下來要說的「先失陪了」——結果便露出跟剛才在談生意時完全不同、非常適合她這年紀女孩子的表情，鼓起勇氣對我說道。

「——你還記得，以前的事嗎？」

因為我現在還是處在爆發模式的關係，很難拒絕她的話題。當然，菊代也是因為很清楚這一點，才轉換話題的吧？

於是，我只能看著她為我泡了一杯暖暖的茉莉花茶……

「是啊……我記得。」

「國中的時候，我發現你的體質……對你做了很多事，也害你為我做了很多事，真的很對不起。不過，可以當作……時效已經過了嗎……？」

大概是因為覺得很愧疚，菊代小聲地說著。

如果事到如今還再跟她囉囉嗦嗦的話，也太沒男子氣概了。於是我說道。

「只要不是真的很嚴重的事情——對於女性的罪過，我都會當作不算罪過的。」

畢竟都已經是過去的事情，我實際上也早就把它當作時效已過了。

反正對我來說，被女性欺負是家常便飯啊。要是我把亞莉亞或理子這些人對我的傷害逐條記錄的話，分量都可以寫滿一本筆記本了。而且實際上也真的已經寫滿一本了。

把時間花在抱怨那些辛酸怨恨之類負面的事情，那才真的叫浪費生命啊。

我就忘了那些事情吧，畢竟菊代都已經道歉了。

「啊……」

菊代聽到我爆發模式下的臺詞，露出又喜又羞的表情……彷彿感到靜不下來似地，將她穿著迷你裙和服的大腿換翹了一隻腳。

（……嗚……）

不、不妙，剛才的那一瞬間，就讓我的爆發模式又被強化了。

基於改造和服的構造上，在她裙襬的正面有一條開得很高的衣縫……

而我剛才就是不小心瞄到那塊美豔地帶了。

這麼說來，我記得玉藻以前說過，在和服底下是不穿內衣褲的——

「……那時候的我，在學校總是受到欺負呢。」

配合著菊代說的話，我趕緊閉起眼睛，將意識逃避到過去的回憶中，讓情緒冷靜下來。

菊代她……當時因為冷漠的個性，而成為學校第一的神祕美少女……在男生之間很受歡迎，然而卻也因此受到女生們的強烈排斥。

另外，神奈川武偵高中附屬中學想當然耳就是一間武偵的培訓學校。雖然培育像菊代這種有黑社會管道的人才可以有很大的好處，但基本上，黑道對武偵來說依然是眼中釘。

而菊代的父親就是一名黑道分子。

這一點使菊代遭到大家的議論——讓她飽受女生們的欺負。

……關於這件事情，我也頗同情她的。小孩子是沒辦法選擇自己的父母啊。

「我記得，以前我的泳衣被一群壞女生破壞的時候，是遠山幫我去報仇的。」

「我也記得。」

畢竟那就是一切的開始啊。

當時，菊代的泳衣被一群陰險女生們動了手腳。

她們偷偷切壞菊代的泳衣後，再用水溶性的線重新縫好，讓泳衣泡到水中就會裂開。

雖然游泳課是男女分開上課的，但是因此變得半裸的菊代想回也不能回去，只能躲在淋浴室中哭泣，直到傍晚。

結果，在偶然之下，被負責打掃的我發現……

啊啊——接下來的事情，我有點不想回憶起來啊。

我當時立刻就去把制服拿過來給菊代，並且不斷溫柔地、溫柔地安慰她，直到她停止哭泣——問出事情的原委後，我就用爆發模式下的做法，對那群女生們……當然是沒有揍她們啦，而是讓她們變得全都聽我的話了。

我要她們排成一列，好好對菊代道歉。

事情到這邊都還好，然而包括菊代在內，她們都是武偵的候補生啊。大家馬上就開始各自對我進行調查，並且造反……

後來，便利的『正義使者』就這麼誕生了。

「不過呀，有一件事你或許不記得了⋯遠山你……就算不是在現在這個遠山的狀態時，也有救過我喔。」

菊代「嘩……」地讓臉頰變得更紅……說出一句讓我感到意外的話。

（有嗎……？）

看到我疑惑的表情，菊代便接著說道。

「教室寄物櫃裡的錢被偷的時候，明明就不是我偷的，我卻被大家當成犯人。而當時……就是遠山……」

哦、哦哦。

因為咱們家的家訓是「受恩不可忘，施恩當必忘」，所以我刻意把這件事情忘記了。

「哦哦，確實有過這件事啊。」

我記得那時候的我，的確是普通狀態的我。

因為大家明明就是立志要當武偵，做出來的事情卻實在太過分的關係——於是我就大喝了一聲「根本沒證據吧」。菊代因此被釋放，而真正的犯人也在後來被抓到了。

這麼說來，從那時候開始……菊代好像就不再利用我的爆發模式，讓我為她做牛做馬了呢。

「那件事情之後呀……那個、我呀、我……」

「？」

菊代忽然開始支支吾吾起來，還從一旁翻起眼珠看著我。

接著沉默了幾秒後——

「我有想過、要寄情……情……情書給你……結果、寫了好幾封……又撕掉好幾封。因為對你做過太多感到愧疚的事情，所以我一直都沒辦法真的寄給你。」

總覺得……

話題好像開始變得危險起來了。跟剛才在不同的意義上。

「遠山。今天，你在黑道組織的店裡用過餐的事情——我不會跟任何人說的。」

菊代將手放到我的手臂上，露出「這是今天第二個主題」的表情。

「做為交換條件，你……你跟我交往吧。」

「什、什麼？」

「——你放棄武偵高中了對吧？畢竟如果是潛入搜查的話，遠山不可能會不帶槍就跑去上什麼補習班的呀。既然同是武偵中輟生，我們就來交往嘛。」

菊代抓住我的手又增加了握力。

我爆發模式下的腦袋雖然想要裝傻，但對手是熟知爆發模式構造的菊代啊。這感覺就像之前總是被理子玩弄在手掌心上一樣，實在很難對付。

「不，我——」

就在我還來不及用盡量不傷害對方的話語拒絕之前——

「——你還沒搞懂呀，遠山。我是在威脅你喔？」

果然……

菊代，妳還真壞啊。

「要是你的祕密曝光的話，你會沒辦法繼續待在普通學校吧？」

我最不想被人戳到的點，她立刻就戳中了。

話說，這女孩從以前開始腦袋就很靈光啊。

「……」

看到我沉默下來，菊代便露出「贏了」的笑臉。

「我其實、很不想用這種像在威脅的方式呀。可是，我跟遠山的等級實在差太多了。」

「既然妳這樣想的話，就提高等級之後再來我懷抱吧。」

「遠山……你就是那種地方讓我……！」

抱！

菊代用力抱住我了。

緊密接觸的身體，讓我的爆發模式又變得更加高昂。

菊代她從國中的時候就很有魅力了。因為家庭環境的關係，讓她表現得非常成熟。而到了現在也是，她總散發著遠超過一般高中生的妖豔魅力。能不能多少分一點給老是被人誤會是小學生的亞莉亞啊？

就在明明是爆發模式下卻還是感到慌張的我，想著這些事情的時候——

「我一直好想見到你……好想見到你喔。我的正義使者。所以當我在車子上看到遠山的時候，真的有一種『遇到遠山了，真是奇蹟呀』的感覺……！」

——漸漸激動起來的菊代，眼眶溼潤地對我說著。

如果是平常的我，這時候應該會甩掉她的手，全力衝刺從窗戶逃跑才對……

可是在爆發模式下，我沒辦法那麼做。因為那樣會傷害到女性啊。

（不妙……！）

就因為這裡是一間沒床也沒沙發的房間，所以我就過分放鬆警戒了。

另外也是因為對方是黑道的關係，讓我分配太多的注意力在戰鬥方面的警戒心上，結果就疏忽掉這方面的警戒心，而讓她有機可乘了。

不對，這想必也是菊代設計好的吧？這難對付的等級，簡直跟理子有得拚啊。

「剛才在車子上，我雖然表現得很平靜——但實際上，我的心臟一直跳得好厲害呢。我的腦袋……已經變得只想著遠山的事情了……！」

為了不要傷害到她——我還是想想辦法，用言語解決吧。

我一定能做到的。畢竟以前大哥——或者應該說加奈——就有教過我遇到這種狀況下的『對應方法』啦。

雖然說，對方如果都表現得這麼明白了，這方法就是一種五五波的賭博。

要是我賭輸了，咱們就要來一場「義兄妹之交」啦。而且還是在這種椅子上。

但是，我現在只能豁出去了。我要上啦……菊代！

「……那麼，菊代，讓我問你一個問題。」

「什麼問題？」

「妳說交往……是希望我對妳做什麼事？」

我露出一臉柔和的笑容，凝視著菊代微微帶點異色的眼眸。

「咦……？那、那是……討厭啦……那種事情……我說不出口。」

很好……！

我成功讓她變得滿臉通紅、低著頭說不出話來了。

「怎麼啦？妳說說看吧，菊代。來……菊代。」

這招是我過去在水上摩托車上也對亞莉亞用過的「啄木」。

那就是準備一個答案讓人很難以啟齒的提問——雖然要是被對方立刻回答的話就出局了啦，不過只要對方一時之間答不出來，就是我贏了。

這是一種故意反覆提問，煽動女性的羞恥心，讓她無法回答的手法。

我為了提高勝率，還同時配合了之前在新幹線遭劫時對白雪用過的「呼蕩」，真是做對了。畢竟這招簡單講，就是一種催眠術啊。

「……呃、那個、遠、遠山你自己想啦……只要你說，我全都配合你……」

菊代徹底中了我的計，全身無力地扭捏著——

於是我用唯恐將花朵折斷似的動作，輕～輕地將身體移開。

看來，是我賭贏啦。雖然這賭局實在有夠危險。

而菊代則是……將雙腳都縮到椅子上，額頭靠著膝蓋，全身縮起來了。

她那充滿魅力的後脖子，變得紅通通的。看來她一定是忍不住想像了很多畫面吧？

真是對不起啦。

我輕輕地、溫柔地摸一摸腦袋想到發燒的菊代的頭之後……

「那我要回去了。」

留下這句勝利宣言，從座位上站了起來。

而菊代則是依然坐在椅子上抱著腳，把臉埋在膝蓋間，絲毫沒有要挽留我的舉動。

是我的摸摸頭太舒服，讓她睡著了嗎？

「——我可以說一句話嗎？遠山。」

原來沒睡著啊。

「什麼？」

我準備走出這間豪華燦爛的房間，同時背對著她如此回問。

「你呀，跟露出一雙死魚眼走進補習班的時候比起來，跟黑道對話的時候還比較有活力呢。」

「……」

這……我無從否定啊。

對我來說，比起耀眼得會讓我不禁避開視線的學校，這種地下世界過起來還比較輕鬆。

——菊代維持著低頭的姿勢，又接著說道。

「我不會去跟你學校說什麼的。不過，像我們這種落魄武偵，都是不適合活在社會中的底邊人物呀。你就不要讀什麼高中了，來當黑道吧。如果有什麼條件的話，我都可以交涉的……」

看來她還是沒有放棄要我加入組織的樣子。

「抱歉，關於交涉本身我就不願意了。因為黑道都是會背叛人的。」

「遠山還不是一樣？背叛了武偵高中，想要進到普通的社會中。」

……還真是會戳我的痛處啊。

關於這一點也無從否定的我——決定默默離開了。

而就在我打開那扇刻有美麗不死鳥的大木門時……傳來了菊代的聲音。

「你應該知道吧？我這個人，是很急性子的。」

我微微轉回頭，就看到菊代依然低著頭……不過卻透過放在膝蓋上的手臂與瀏海之間的縫隙，狠狠瞪著我。

那是讓一部分的男生們會感覺「心頭一揪」而受到歡迎的、菊代不甘心時的銳利眼神。

「……我知道。」

「你應該也知道吧？我這個人，不會輕易放棄的。」

「那我也知道。」

「另外──其實我是很專情的。這一點你就不知道了吧？」

「是啊。」

「因為我也是現在才發現的。」

菊代說著，「咻！」一聲──用銳利的動作從袖口中拿出一張卡片，像飛鏢一樣射過來，「喳！」地刺進我眼前的木門板上。

我因為知道卡片不會射中我，而沒有進行迴避。不過還是有一、兩根頭髮被削斷了。

「……？」

仔細一看，那是一張白金色的信用卡。雖然四個角被削得像刀刃一樣鋒利啦。

「──密碼是1111。就當作是今天的補償金，你愛用多少就用多少吧。」

「我剛才就說過我不要了。妳知道嗎？我不太喜歡死纏爛打的女性啊。」

「那、那我不死纏爛打了。遠山……晚安。」

菊代又縮起身子、把頭低下來後，對我揮揮手道別。

（總之，這次是讓我順利逃過了……可是……）

這次又是靠爆發模式過關的啊。

我明明努力想要成為一名普通人，也覺得自己稍微有達到目標了。但是──

爆發模式的問題卻依然殘留著。

就算我逃過了武偵高中，逃過了菊代……

我大概還是逃不過我自己吧？

（一定逃不掉的吧？）

絕對逃不掉。只要我還是我的話。

所以說，我只能……

我、只能……

5彈 頓悟之空

走在深夜的回家路上，爆發模式在途中就解除了……

咚，啪！我忍不住雙手著地，當場跪了下來。

自、自己做過的事情實在太恐怖了。

居然在黑道面前擺架子，還摸了組長的頭。

（到底是在搞什麼啊……爆發金次！）

因為爆發模式時的體驗多半都缺乏現實感的關係，所以在事後，**這邊的我**都會有一種如夢初醒的感覺。

然而那些事情偏偏都是發生在現實之中。**那邊的我**就是曾經打倒過德古拉伯爵、徒手偏移導彈、光拿著手槍跟短刀就闖進一艘核能潛艇之中啊。話說，這些事情能不能全都當成是在夢裡發生的啊？

然而，夢醒結局是最讓人討厭的了。我的命運之神想必也不會願意寫出這樣的結局吧？

到頭來，我明明決心要成為一名普通人，而離開了武偵高中……

可是卻在退學後十天左右，就跟黑道吃過飯啦。

菊代絕對會繼續纏著我的。她最後讓我看到的眼神，就是那種眼神啊。

我該怎麼辦？爆發模式解除之後的我，根本什麼辦法都想不出來。

而且現在的我比平常還要廢。因為在爆發完後本來就會變得想睡覺，或是有種全身無力的感覺。

（明天好想蹺課啊……）

但是，我現在也不能像之前在偵探科一樣，送理子遊戲，叫她用聲帶模擬幫我答覆點名。在一般學校，我唯一可取的地方就只有出席率而已了啊。不去不行。

就在我發揮不屈不撓的鬥志，想要站起身子……卻像隻剛出生的小馬一樣，抖著雙腳的時候……

「遠山家的，趴在那種地方，也不會有錢掉在地上呀。」

從電線桿上，傳來像幼稚園兒童的聲音。

我不禁抬頭看了一下——又「唰！」地立刻移開視線，當作沒看到了。

「別裝作沒看見呀！」

輕輕一跳，讓迷你又迷你的裙子完全敞開來（因為我沒在看，所以是猜測），在我眼前落地的——正是玉藻。是隻人類狐狸，或者應該說是狐狸人類。

拜、拜託……饒了我吧……

我現在正努力掙扎著，想要活在正常人的世界裡啊！

「汝跑出驅鬼結界之外，究竟在做何事？遠山武士們的行動從以前就老是教人費解呀。」

我只好無奈地站起身子，直視眼前歪著腦袋的玉藻……也就是眼前的現實。

順道一提，我剛才之所以會把視線移開，一方面也是因為這傢伙不知道為什麼，竟然穿著一套裙子莫名短的幼稚園服裝。

我是沒有確認她背後的狀況啦，但是她這衣服不會因為尾巴的關係而讓內褲全被看光光嗎？

「如何？咱穿這衣服，看起來就像普通的幼女了吧？」

一轉。

嗚哇！她竟然原地三百六十度轉了一圈。

而我剛才在擔心的屁股部分——多虧有身高差距的關係，在角度上我沒看到。真是萬幸。

「什麼幼女……妳明明就已經八百歲以上了……」

在附耳帽中真的在動的狐狸耳朵，以及剛才微微動了一下的狐狸尾巴——就算這些我都讓她個一億兆萬步，當作沒看到——玉藻的樣子看起來還是很奇怪。

雖然我知道她是在裝成一名幼稚園兒童，可是她本身的外表年齡卻看起來像七、八歲左右。

也就是說，要解釋起來的話就是幼稚園留級了。

不過我自己恐怕會高中留級，因此也沒資格說別人啦。

要讓玉藻潛入人類社會的話，我是不是應該要買別的衣服給她穿呢……可是一個高中男生跑去買小女孩的衣服，一定會被通報的啊。會因為未來有可能誘拐女童的嫌疑，而遭到警察關注的。

我哪能讓自己變得比現在更受到關注啊！我看還是別管她了吧，不關我的事。

「那麼，在這深夜時分，汝究竟在做何事？」

玉藻一臉疑惑地用她圓滾滾的狐狸眼睛抬頭看著我……

「……我自己也不知道。」

我只好老實回答她了。

玉藻揹著一個像小學生書包的賽錢箱，一副理所當然地跟在我後面。

仔細想想，現在這狀況看起來，就像是我讓一名小學女生穿上「幼稚園服」這種罪孽深重的角色扮演服，然後走在外面一樣啊。而且還是在深夜。

因此我努力避開路上的行人，偷偷摸摸地回到家後……

在玄關，我看到了蕾姬的鞋子。看來我們在補習班分頭之後，她平安回到家了。

「遠山家的，來淨身吧。汝之所以會如此不幸，或許是因為惡靈附身的關係。就讓咱來幫汝淨一淨吧。」

驅逐惡靈？妳是說妳要把自己驅逐掉嗎？在物理原理上不可能吧？

話說……

「呃、等等喔……！」

我居然帶一個小女孩回家，要是被爺爺發現的話，他可是會跳過軍法會議，直接槍斃我啊——

然而玉藻卻是一臉愉悅地踏著輕快的腳步，走向浴室的方向。

（她說淨身，原來是要洗澡啊……！）

這麼說來，粉雪好像也有說過類似的神道用語呢。

於是，我還來不及先向蕾姬報告我從補習班出來之後的事情——就不得不追在玉藻的後面，直接跑向浴室去了。

「現代的衣物實在難脫呢。」

「……嗚……！」

當我趕到時，玉藻大人「嘿咻、嘿咻」地……已經全身半裸了……！

雖然她身上還穿著一條足以搶走平賀文同學風采的小鬼內褲，但是她緊接著就，唰——

（真、真的脫了……！全裸！）

要是現在被爺爺或奶奶撞見的話，我可是要吃上一頓必殺奧義全餐了啊。

——三十六計走為上策！

就在我從脫衣室倒退著步伐，回到走廊上的時候……

「快點！別拖拖拉拉的！總要個人負責幫咱洗吧！」

「別、別叫得那麼大聲啊……！」

從屋內的氣息上來判斷，應該大家都已經睡了。但要是有人被吵醒的話……遠山金次就玩完啦……！

看來這天外飛來一筆的洗澡事件，我、我也只能跳下去啦。

該死，一波未平一波又起，今天真是我的倒楣日啊。話說，之前是不是也有遇過這種倒楣日啊？我的倒楣日還真多。

就在我臭著一張臉，跟著把衣服脫掉的時候……

「遠山家的，讓咱騎汝的肩膀，咱要拿那個新的香皂。」

洗衣板平原肚的玉藻宛如在拍打翅膀一樣甩動著尾巴，一跳一跳地想要拿放在高處的牛奶香皂。

「當別人家的肥皂不用錢啊……妳用艾馬基的犬用沐浴乳就夠了啦。」

我一邊嘀咕著，一邊幫她拿了肥皂。

話說，我哪能讓一個全身光溜溜的小女孩騎在我肩膀上啊。

而且還是在洗澡前，衛生上也有問題吧？

話、話說回來……她是打算要我幫她洗嗎？洗這個迷你身體？她剛才好像說過什麼要我負責幫她洗之類的。

雖然我因為沒有戀童癖，所以在爆發模式上我想應該是沒有問題的。可是她全身赤裸叫我幫她洗身體，我還是沒有自信啊。

（就算再怎麼小隻，玉藻的外型好歹也是個女的啊……！）

這下不是比剛才跟黑道吃飯時還要危險了嗎……而且還這麼唐突！

我的命運之神到底是在想什麼啊？是白痴嗎！

然而，要是讓一個脫光光的小女孩在這邊大吵大鬧的話，我也很困擾。那樣會害我變得比黑道還要早被逮捕啊。而且「武偵三倍刑」的規矩會讓我確定有罪，別說是學校了，我搞不好要在少年監獄過日子啦。

這場洗澡事件——我進也地獄、退也地獄……！

就在我姑且用毛巾遮住自己的前面，「喀啦啦」地拉開浴室的霧玻璃拉門後……

哦……？

因為水蒸氣的關係，讓我看不清楚前方啦。深感幸運的是，玉藻的身體也看起來很模糊呢。

「……」

這應該是有人熱水開著沒關吧？

唉，真是太浪費了。

咱們家的浴室雖然很大，但可不是公共澡堂啊。

「……」

就在我想著這些事情逃避現實的時候……

「——看來是白操心了。」

在濃霧之中，從檜木浴缸的方向忽然傳來**蕾姬的聲音**，讓我逃避現實的想法徹底被擊得粉碎了。

因為剛才我完全感受不到什麼氣息，害我到踏入浴室之前都沒發現到……

為什麼……她會在這裡啦……！

「哦哦，璃巫女的蕾姬也在呀？」

玉藻大人說著一句有點讓我聽不懂的話，同時用尾巴揮散水蒸氣——

於是跟幼女一起進到浴室的我，就看到嘴巴微微凹成「ㄟ」字型的……蕾姬，竟然就在浴缸裡。

當然，這位矢田小薄荷，也是全裸……！

在浴池中微微泛紅的香肩上，閃耀著襯托出入浴豔姿的水滴。

我現在真的超想開溜的。但是只要玉藻在這裡，我如果跑出去她就會大吵，然後害我變成前科犯啊。

於是我只好用我這顆連爆發模式都還沒發動的腦袋，像玩解謎遊戲一樣思考著現場三個人各自的最佳位置與要做的事。

緊接著，我立刻靈光一閃。

（快啊，金次！現在這腦袋的速度，搞不好已經進入輕微爆發啦……！）

我趕緊從玉藻手上搶過洗澡盆，唰！沙沙沙——！

利用我以前為了對抗莫名其妙會闖入浴室的白雪與理子，而開發出來的高速洗體術，瞬間就把身體洗完了。

因為這是一種不只用到雙手，甚至連雙腳都同時用肥皂洗身體的招式，動作上連我自己都覺得很噁心。玉藻跟蕾姬也當場傻住了。拜託妳們別管我啦——

我快速連頭髮都洗完之後，走向浴缸的方向……

「蕾、蕾姬，出去，幫玉藻洗澡！」

緊閉起眼睛，戰戰兢兢地背對著她，泡浸浴池中。

結果，也許是她覺得我實在太失禮了，或是對於我把赤裸的玉藻帶來的事情感到憤怒……出了浴缸的蕾姬就「咚！」地敲了一下我進入冥想狀態而毫無防備的頭。

不過……她這一敲完全沒有力道。而是溫柔得像在說「還好你沒事」一樣。

自從退學之後，我就發現蕾姬的言行動作越來越有身為人類的感覺了。

雖然說，她現在一定也還是幾乎面無表情啦。

大概是因為已經很習慣幫動物洗澡了，蕾姬在一片水蒸氣中熟練地幫玉藻刷著身體。

不過話說回來，當玉藻在被刷著尾巴的時候，對我說的那句「真不愧是遠山家的，不僅是緋巫女，連璃巫女都成為汝的女人啦？」我該從哪一點吐槽起才好啊？

「什麼璃巫女啦？」

「就是指我。」蕾姬說。

「呃，我是多少猜到了啦，可是……原來妳是巫女小姐啊？」

「我在故鄉扮演的角色，在日本是那樣稱呼的。雖然我現在已經辭退了，可是風對於我的辭意依然還是在保留的狀態。」

……風……嗎？我一直覺得那只是蕾姬的妄想，不過總覺得……那似乎是跟色金有關的用語呢。而且還是跟一種叫「璃璃色金」的色金有關。

這是我不擅長的話題啊，我還是不要問得太深入，就當作不關我的事好了。

「緋巫女、瑠巫女、璃巫女，色金巫女總共有三種類呀。」玉藻說。

瑠巫女小姐，拜託妳千萬不要出現在我面前啊。光是白雪跟蕾姬就夠我受的了。請妳絕對不要出現啊，絕對！

「……說簡單點，即蕾姬是與白雪類似的巫女，只是接觸的色金不同罷了。」

「啊啊，夠了，別說了。那種話妳等以後再說，想講話就講點別的事吧。」

今天自從遇上里昂之後，我就老是遇到一堆會削弱我精神的事情啊。

要是繼續讓我不擅長的話題消耗我的精神，我搞不好會當場昏倒在浴缸裡也不一定。

「唔……確實，畢竟遠山一族只要負責戰鬥便足夠了。」

那就不要把幫妳洗身體的責任也推到我身上嘛。

「講別的事情嘛……是了，關於極東戰役，師團・眷屬之間的戰鬥——」

拜託妳住嘴！我的生命值已經降到零了啊！

「咱收到歐洲來的聯絡，說是梅雅從羅馬梵蒂岡出擊，在柏林與厄水魔女卡羯打了一仗。然而，雙方難分高下——最後都回到各自的據點後，自由石匠便從倫敦派遣了殲魔士到德意志，打算攻擊在戰鬥中消耗了實力的卡羯。目前正在搜索當中。」

怎麼覺得聽起來像什麼畫陣地、擺棋子的棋盤遊戲啊。

要是畫一張歐洲地圖，設計成一款遊戲的話，搞不好會熱銷呢。

就在我如此事不關己地聽著這些話的時候，玉藻瞄了我一眼。

「若是能用的人手減少的話，對方應當遲早會來向東京請求支援才是。」

「……別看我。我不去，絕對不去。誰要去海外啦。」

但是……我越是說著「絕對、絕對」地拒絕的事情，不知道為什麼就是有種魔咒會讓它成真啊。

所以我還是不要繼續說下去好了。

另外，關於殼金——就是夏洛克射進亞莉亞心臟附近的那顆緋彈的外殼——要是我們沒有在幾年之內從眷屬那幫人手中搶回來的話，亞莉亞就會變成叫什麼「緋緋神」的破壞神了是吧？雖然這事情我到現在還是不怎麼相信啦。不過要是亞莉亞那本身就已經夠嚴重的凶暴個性又再升級的話，她光是跟我搶個電影頻道搞不好就會毀了地球呢。

為了世界上的人們，這一點我還是必須要想想辦法才行。

「哎呀，畢竟夏洛克把緋彈射進亞莉亞體內的事情，跟我也有點關係……殼金的事情我還是要想辦法解決啊。」

「關於那個殼金，咱有感受到其中一枚從上海來到東京了。恐怕，是藍幫。」

嗚哇……

這棋盤遊戲，跟我也有關係啊。

「……我有點在意。玉藻，妳那種像探知能力一樣的東西——在眷屬當中也有人會嗎？」

「這是任何人都有的能力。比方在黑暗之中，汝也應該能感受到有人在同一間房間裡吧？鳥或魚之類的動物，在這方面的能力比人類靈敏。而像咱這種妖，即更強羆了。」

「也就是說，如果眷屬之中有像妳一樣的妖怪系人物……我們的行動對方也全都知道就是了？」

「應當如此想沒有錯。藍幫之所以會在這個時間點做出行動，或許就是因為巴斯克維爾的大將離開了驅鬼結界的關係。」

什麼大將……拜託妳把我降格成二等兵之類的吧。

不過總而言之，在超人棋盤遊戲「極東戰役」中，我也是亞洲棋局的其中一枚棋子就是了。

（唉……我好想快點變成人類啊……）

話說，在這方面我果然也一點都沒變成普通人嘛。

後來，玉藻表演了一段「踩到肥皂栽進浴缸」這種現代輕小說作品都已經很難見到的傳統技藝，當場沉到浴缸裡昏倒了。要是有神明在咱們家掛掉的話，誰也不知道會遭到什麼天譴，因此我只好跟蕾姬合力將她拉出浴缸。我的手不知道是抓到了她什麼器官，拉起來一看才發現是尾巴……玉藻的背面朝著我，算是不幸中的大幸吧？一想到如果正面的話，我的背脊都感到一陣涼了。要是我因為玉藻而爆發的話，我可就要切腹自殺啦，而且還要委託科學劍客金女幫我砍頭勒。

就這樣——

我從賭上性命的洗澡事件中活了下來，時間來到深夜零時。

（累、累死我啦……）

我「啪搭」一聲倒在棉被上。

本來洗澡應該是一種消除疲勞的事情才對……可是我卻變得更累了。

不過話說回來，我跟兩名女性一起去洗澡，卻沒有進入爆發模式。就算那多少是因為在「爆發模式剛結束後，會很難再度進入爆發模式」這樣的有利條件之下，但我這份忍耐力應該還是值得自我嘉獎一下吧？

「然後勒？妳什麼時候才要回去？」

我對著不知從哪裡拿出一套武偵高中實習生用水手服穿上、擅自從咱們家冰箱拿出牛奶、跪坐到我的棉被旁邊咕嚕咕嚕喝起來的玉藻如此一問後……

「噗哈～咱暫時都會留在這裡。就附在汝身上，做汝的保鑣吧。」

玉藻吐著滿是奶味的氣息說著。我看就算我叫她不要附身，她也依然會附在我身上吧？

「那妳就變成五線彩球……」

我話說到一半，又住嘴了……

拿著一顆五線彩球到學校，也未免太標新立異了吧？

我現在在學校已經覺得找不到容身之處了，要是我做出那種事，大家真的就會躲我躲得遠遠的啦。

「……不對，變成什麼不顯眼的道具吧。那樣我就帶著妳走。」

「不顯眼的東西？唔──」

也不管尾巴彎成「？」字形陷入沉思的玉藻，我總算可以睡著了。

雖然最近一陣子我都睡不太好，不過在爆發完之後就會變得很睏，算是不幸中的大幸吧？

……話說回來，明天……

我到底應該拿什麼臉去學校才好？

在補習班前的那場私鬥，可是有被我們學校的人看到啊。

至少在警察趕到之前，有複數的目擊者看到我跟里昂在打架的畫面。那不是可以一一封嘴的人數，而且萌也是從頭到尾都有看到。

我想……我應該會被大家害怕、討厭吧？這很確定了。

那樣一來的話，狀況會變得比至今為止被大家裝作沒看到的時候還要難受。

從明天開始，我在那間學校究竟該怎麼活下去啊……？

「──金次同學，再不起床的話，會遲到的。」

當我被人肉鬧鐘蕾姬叫醒後……

怎麼覺得、被窩裡好溫暖？

「？」

我感到疑惑地摸了一下……這、這是……！

趕緊把棉被掀開一看，果不其然──玉藻就在我的被子裡呼呼大睡著。

而且，還把我當成了抱枕。

蕾姬看到這一幕，剎那間露出讓人毛骨悚然的表情後……

「……真不愧是老哥，那種毫無節制的態度，太強大了。我尊敬你。」

從室外走廊的方向傳來讀著遠山家書卷的GⅢ如此一句話。

「不、不對，這不是什麼誘拐或是什麼的……！」

於是我趕緊把「呼呀？」地說著夢話的玉藻撥開，對GⅢ解釋。結果他──

「──那傢伙可是神啊，貨真價實的神。是我那裡九九藻的上位神。老哥你居然連神都收為部下啦？」

什、什麼神啦，這東西能叫神的話，我就當個無神論者了啦。

「這傢伙不是我的什麼部下……痛痛痛痛！喂！玉藻！妳做什麼！」

「豆皮壽司。」

我給睡昏頭咬住我手的玉藻重重捶了一拳，才總算把她甩開了。

這、這犬齒也太利了吧？簡直跟亞莉亞有得拚啊。

就這樣，我因為一大早被狙擊手、神、人工天才糾纏的關係，結果真的稍微遲到了。

在學校——還會有我的座位嗎？

見到我打架的那些學生們，會不會發起「排斥金次運動」，讓我的書桌就此消失了？

我擔心地從走廊偷窺了一下教室中，似乎早晨班會已經開始了。

我的書桌還在，可是……嗯？旁邊看不到萌的身影。是缺席嗎？

看來她從幼稚園以來的全勤紀錄，這下中斷啦。

（呃，現在不是去擔心別人的時候啊……）

於是，我戰戰兢兢地輕輕拉開教室的後門，悄悄進到裡面……

「……對不起，我遲到了。」

就在我的腳步踏進教室的瞬間，大家都把頭轉過來了。

接著，同學們一看到我，不但沒有發出尖叫，還「嘩——！」地露出笑臉，開始為我喝采起來。

「……？　？　？」

正當我一臉疑惑的時候，幾名體育會系（註3）的男生們首先站起身子——帶著彷彿要抛舉我的氣勢把我包圍起來，眼神中帶著光彩對我說道。

「遠山，你超強的！聽說你昨天幹掉了一個超壯的流氓？」

「……呃、不，那是偶然……偶然身體扭打在一起，然後對方不小心跌倒而已。」

「我有親眼看到，才不是那麼一回事！你是不是有在練拳擊啊？」

那是對方啦。

「我從來沒見過那種招式！你該不會是什麼忍者的後代吧？」

那是我戰妹風魔啦。

「不、我……呃……」

從四面八方連番受到熱烈提問的我——

不知不覺間，就被其他的男生們，甚至是女生們團團包圍起來，不斷接受著喝采。

這狀況實在太出乎我的預料了，害我只能像個可疑人物一樣東張西望著。

註3　係指宛如體育性社團的社員般（不一定真的有參加社團），喜愛熱血與汗水、崇尚學長學弟制、重視同伴關係的人。

（話說，我是不是害班會被中斷啦──）

我趕緊轉頭看向講臺上的金剛，卻看到金剛露出一臉「沒關係沒關係」的表情。

這下我才終於明白了……

（……啊啊……）

原來是這樣。

原來在這所學校中──

會感到無聊的人，不是只有我而已啊。

其實，大家每天都過得很無趣。

什麼事都不會發生，就只是過著和平的日子，讓大家的內心都在渴望著刺激的感覺啊。

而我就在這個時候，擊退了那個一看就覺得是壞蛋的里昂──

套句亞莉亞的說法，就是為平淡的世界開了一個洞啊。

後來，每到下課時間，我就不斷被大家詢問著「你肌肉很強嗎？」「遠山你打敗的那傢伙，聽說是落魄拳擊手啊。」「你的流派是什麼？」之類的問題……

而我則是盡可能用簡短的字句分別回答「也還好啦。」「我知道。」「沒什麼特別的流派。」可是我的人氣卻還是一路不斷飆升著。

別說是午休時間了，就連放學之後，這股「遠山熱潮」依然持續延燒著，甚至還有其他班級的男生、女生們遠征到我的班上來……

（這、這樣下去的話，我會在別的意義上沒辦法待在學校啦……）

就在我抱頭煩惱著，連教室的門都出不去的時候……

忽然出現了一名吊兒郎當的學生，操著濃厚的捲舌音大喝一聲。

「——渾蛋！別在那邊煩金次哥啊！」

結果將我軟禁的學生們便一哄而散了。

而「去！去！」地幫我把大家趕跑的……是整齊地穿著制服的朝青。

那也就是說，在那邊的那個瘦高男子是藤木林嗎？他把頭髮染黑，害我都認不出來啦。

「您沒事吧，金次哥？今天那群傢伙一定會一直來煩您的。」

「咱們快走吧。」

我雖然討厭藤木林&朝青這對搭檔，也搞不懂他們為什麼會來幫我，不過——

「哦、哦哦，謝啦。」

說實話，現在他們的行動真是幫了我很大的忙，於是我就在這兩人護衛之下，從教室中被解放出來了。

——他們這兩個人真不愧是不良少年，居然知道這麼好的藏身處。

我之前都不知道，原來比屋頂高的那棟設有大時鐘的建築物，其實也是有屋頂可以上去的。

這地方就不會有人來了。

我沿著一道很隱密的維修用鐵梯爬到這裡，總算鬆了一口氣。

因為這裡的視野不錯，於是我眺望著池袋的大廈群。而就在這時……

「過去的事情，請您全都放水流吧！真是對不起！」

「對不起！」

藤木林與朝青忽然對著我下跪磕頭了。

我心裡是想說：「我根本不記得我有受到什麼傷害，就算你們對我道歉也……」不過看到這兩個大男人對我磕頭的樣子……我也只能回答一句：「我知道了。」

聽到我的回答而放心下來的兩個人，接著便跪坐在地上，微笑地抬頭看著我。

這、這是被馴服了嗎……他們的眼神是在希望我就算說教也好，總之想聽我說些什麼話啊。

「……話說你們不是停學中嗎？」

「咱們復學了的！」

什麼「了的」……藤木林，你國文比我還差啊。

這跟白雪的「小金大人」一樣是雙重接尾詞啦。

「咱們跟金次哥是在同一班的的。」

什麼「的的」……唉，算了。

「其實，咱們兩人本來是打算乾脆退學的……可是因為金次哥在學校，所以咱們就決定要回來的。」

朝青低聲說著這種話，讓我忍不住「啥？」地轉頭看向他後——

「聽到咱們這樣說，金剛也超高興的。」

藤木林又接著露出一臉笑容這樣說著。

哦哦……所以您才會決定不向我追究在校外的暴力事件啦，金剛老師？

畢竟如果自己負責的班上有學生退學的話，對教師的履歷上也不太好吧？

「你們回來上學……將來有什麼打算啊？」

我想說可以當作參考而如此一問後——

「我想說金次哥如此用功，甚至還跑去補習，所以我也……決定用功念書，以後當個醫生的！感覺會很受女生歡迎啊。」

「我打算繼承老爹的工作，當一個漁夫。高中是因為我老娘叫我來讀的。」

哦～……

不良少年比我還要懂得規劃未來啊。

「話說，金次哥真的超強的！那個里昂雖然是東池袋高中畢業的，可是卻很讓人討厭的！」

就在這位對身為同學的我用尊敬語氣說話的藤木林開始吹捧我的時候——

「看來確實是那樣啊。」

忽然——那個里昂就爬到屋頂上來了……！

看他身上穿著一套老舊的制服，應該是偷偷潛入母校，然後跟蹤藤木林與朝青的吧？為了要找我。

藤木林與朝青都露出一臉快要嚇到尿褲的表情跳了起來，而我也多少驚訝了一下。不過我還是——

「——我可不接受復仇戰喔，里昂。你跟鏡高組後來怎麼了？」

「組織丟絕緣書給我了。」

「也就是你被破門了是吧？恭喜你啊。」

我姑且確認了一下他的外觀……看起來應該是沒有受到組織傷害的樣子。

雖然被我踢到的鼻頭上貼了一條ＯＫ繃啦。

「呃、雖然說那是組織的命令，不過……抱歉，我是來向你致歉的……」

里昂用比朝青還要低沉的聲音說著，跟著打算當場向我下跪。

哦哦，他是害怕我去追殺他，所以跑來向我道歉的啊。

其實，要道歉的應該是我才對。

因為跟你打的那場架……我稍微有帶一點宣洩平日壓力的意思在裡面啊。

「你不用這樣啦。只要你不來找我的碴，我也不會主動對你出手。你自己去過你自己的生活吧，我不會管你。」

變得有點害臊的我，單方面結束了這個話題。

於是里昂沉默了一段時間後……用一雙跟藤木林他們不一樣的準職業眼神看向我。

「……我說你，真的只是普通的人類嗎？」

「雖然我沒什麼自信，不過我希望是那樣。」

「拜託你收我當小弟吧。」

又來了啊……

「不要跟菊代說同樣的話。我已經有弟弟了。」

我想，我應該要稍微用嚴肅的態度跟他們講清楚吧？

「我對這個社會還沒熟悉到可以陪你們玩你們的遊戲，我還是個社會初學者啊。你們想當不良少年就自己去當，想在流氓世界打架就自己去打。要是因此被停學、被逮捕，那也是你們自己的人生。但是，不要把我也拖下去。」

我同時也看向藤木林與朝青，堅定地如此說完後……

他們三個人都乖乖地對我點點頭。雖然好像有點寂寞的樣子。

那樣子讓我也忍不住感到有點愧咎了。

我雖然對於像你們這種問題兒童、社會脫離者，在原則上是很討厭的……

……不過，我也多少有點同情你們這些人。畢竟我也是個問題兒童啊，在之前的學校中。

但是，就算對不起你們，我還是要在這邊跟你們徹底切斷關係。

我並沒有加入非法世界的打算啊。

「我只想要在這間學校普普通通地過下去。我正努力著要安安靜靜地融入社會，過著平穩的生活啊。所以要是你們把我拖進麻煩裡，我會很困擾的。知道了嗎？」

我再次強調之後，藤木林跟朝青就同時點了點頭。你們還真有默契啊。

然而……

里昂卻露出一臉有話要說，卻欲言又止的表情。接著，點一點他的小平頭。

他那樣子雖然讓我有點在意，但是——

……咕嚕……

我的肚子這時發出了讓剛才演出的威嚴全都泡湯的聲音。

這麼說來，我今天午休的時候，也因為被大家圍起來問話的關係，什麼東西都沒吃啊。

「請問您肚子餓嗎！我這就去買的！」

藤木林霎時露出開心的表情，自願要幫我去跑腿……

我還來不及說「我不要」，他就跑步離開了。

哎呀……反正現在下去也只是會被大家包圍而已。我就一邊吃飯，一邊等學生們離開學校或是去參加社團吧。

藤木林跑到學校附近的吉野家，幫我買來了大碗牛丼、杯裝味噌湯，甚至還加了一顆半熟蛋。

而吉牛就跟麥當勞一樣，在香味成分中有刺激人類食慾的效果……

看到我收下這些食物的朝青與里昂，似乎覺得自己也不能輸的樣子，而暫時離開了一段時間後——

他們居然拿來了一個波士頓包，說是要給我的貢品。裡面裝的則是……

（特、特攻服……！）

暴走族最喜歡穿的、超華麗風衣。

以白色為底色，背後刺繡著「天上天下唯牙獨尊」幾個字……字寫錯了啦。

「金次哥，這件絕對適合您的！」

「就請你收下吧，我希望你能穿它啊。這雖然是我之前已經解散的隊伍所穿的衣服，不過是傳說中的——」

朝青與里昂竟然開始對我解說起這件特攻服的歷史了。我說你們，剛才是沒聽到我講的話嗎？

就在我氣得快要把免洗筷當場折斷的時候……

咚咚、咚咚咚、咚。

我的肩膀忽然被敲了幾下。

被一隻看不見的手。

（G、GⅢ……！我明明就叫你不要來的啊……！）

為什麼你們每個人都不聽我的命令啦？

話說回來，這是什麼？好像是英文的摩斯密碼呢。

『BEAUTIFUL COAT HAVE IT（漂亮的衣服　收下吧）』……？

我說你，喜歡這種的啊？

哎呀，確實這種華麗到很誇張的衣服，GⅢ應該會很喜歡啦。

於是我假裝在搔肩膀，對老弟的手用日文送出敲指信號『不准再跟蹤我金三』之後，說了一句「我是不會穿，不過我弟應該會很想要」而收下那件衣服了。

（真想快點回家啊……）

但是我確認了一下學生放學的情況，似乎還有很多人在學校的樣子。

就在我嘆了一口氣，再度坐回地上的時候，便看到朝青打開一罐啤酒正準備要喝——

「喂，別喝酒啦。」

「不，這不是什麼毒的。雖然上面好像有寫說，對未成年人的健康會有壞影響之類——」

「我不是在說那種事。誰要理你的健康啊？自己去管理啦。但是，酒精會讓人的反應速度變差，對戰鬥……會有壞影響吧？」

糟啦。我因為武偵時代的習慣……就這樣脫口而出了。

結果朝青聽到我這番指導，便露出開心的表情，把啤酒封印起來——

藤木林與里昂也露出充滿期待的臉看著我。

看來他們是希望我能說一些像剛才那樣的話給他們聽的樣子。

反正我現在想下樓也下不去……真沒辦法，就稍微跟他們閒聊一下吧。或者說，這些傢伙的水準之差，簡直教人看不下去啊。

反正我的功力在某種程度上已經被他們知道了，為了這三個人的安全著想，我就教育一下他們吧。

於是，我稍稍擺出認真的態度，看向他們三個人。

「另外……藤木林，耳環別再戴了。」

「呃，看起來很遜嗎？」

「不是。在交手的時候，那種東西可是會被對手連肉一起扯下來啊。我就是這樣學到的。」

聽到我苦口婆心的勸說後，藤木林便雙眼閃耀著光芒，把耳環摘下來了。

「……里昂，你昨天把手掛在車窗上，那是你的習慣？」

「是、是啊。」

「改過來，會被折斷的。」

就這樣……

我學蘭豹一樣對他們提出了幾個建議後……

……總算，樓下的學生們也走得差不多了。

「從今以後──你們別再跟我扯上關係，不會有好下場的。還有，里昂。」

站起身子的我，轉頭看向里昂──

最後對他提出了一個我衷心的警告。

「你那把槍，是組織給你的？還是你自己的？」

「……我自己的。」

「有通過槍檢嗎？」

「沒……」

「槍上面滿滿都是射擊後留下的殘渣。我看那把槍別說是完全拆解了，根本連一次簡易拆解都沒做過吧？而且你在瞄準我的時候，姿勢也太隨便了。你是在根本不知道射擊理論、瞄準檢查、彈道理論、拆解組合這些東西的情況下就拿槍的嗎？」

「……」

「我雖然是把槍還給你了，可是，**持有槍械的人就有其責任**。只在必要的時候正確地使用，是很重要的責任。在不必要的時候拔槍，只會讓周圍陷入恐慌而已。昨天就是那樣吧？這樣一來的話，不只是敵人而已，周圍有槍的人搞不好全都會拔槍也不一定。那當中搞不好也包括我，搞不好也包括警察。我告訴你，警察他們可是真的會射殺你啊。不負責任亂拔槍的外行人，跟抱著責任持有槍械的專業人員——你仔細想想最後是誰會活下來吧。」

「……」

「至少這一點你一定要理解：手槍不是外行人可以隨隨便便拿的東西。能夠拿槍的，光是那些因為工作而持槍的人就夠了。為了討好老美共和黨而不斷在解禁的政策本身就是錯的。到了最近，一把舊的H＆R也只要七千元而已，你那把槍的行情也大概三萬左右。但是從今以後，你要是隨隨便便就把那種東西亮出來的話——你可是會跟著槍一起去見閻羅王的啊。」

看來只要認真講話，他們這種人似乎也是可以用話語溝通的樣子……

里昂默默地、乖乖地聽著我的話。

「對你來說，你的命沒那麼廉價吧？既然都不幹黑道了，就把槍處理掉吧。」

聽完我的演說之後──

「……我知道了。我今天晚上就把槍拿去業者那邊處分掉。」

看來里昂是確實理解我想說的話了。

不過，我聽到他居然不是說要用老虎鉗破壞之類的，而是會透過正式管道處分掉……想到前一陣子體育祭的時候，我是把做為獎品的子彈埋到土裡不法丟棄，真是太沒面子啦。

玉藻在今天早上，是利用虛物變化變成了一個「交通安全護身符」。因此我是將她掛在我的脖子上、藏在襯衫裡來學校的。

看她一整天下來都乖乖的沒什麼動靜，我猜她要不就是睡著了，要不就是在「虛」空間中玩著她（擅自）帶進去的我的ＤＳ吧？

（做神明還真輕鬆啊……）

我一邊在心中抱怨著那個宅神，一邊偷偷摸摸地溜出沒什麼人影的校舍──

在夕陽下，回收了今天也在校門口呆呆等我的蕾姬，一起回家。

「我回來了～……」

我回到家中，就看到GⅢ在庭院搭建著他的網棚菜園。

在茶室中，金女跪坐在老爸遺留下來的將棋盤前，讀著羽生名人寫的書。

從客廳的方向，傳來奶奶彈古箏的聲音……嗯？這首好像是白雪在星伽家有彈過的曲子嘛。大概是什麼有名的曲子吧？

另外，爺爺則是趁著奶奶沒注意，正在**讀書**中。

他雖然有用書套把封面遮起來，可是從他色瞇瞇的表情就可以知道，是他珍藏的法蘭西書院啊。

我瞥眼掃過這幾幕日常景象，走進自己那間三坪房間後……

「……」

沙沙、沙沙。

跟我的房間只隔了一扇拉門的隔壁房間中，傳來住在那裡的蕾姬換下制服的聲音，莫名煽情。

於是我只好走出自己房間，來到室外走廊上，眺望依然還飄著點點細雪的天空，消磨時間。

太陽已經下山了。

（哎呀，該怎麼說呢……）

雖然今天也是在學校過得很辛苦，又被狐狸附身，回家又有回家後各式各樣的疑點。不過——

最近的我漸漸開始覺得，這就是我的日常世界啊。

在這世界中，我也可以感受到某些絕不能被破壞的東西。

這麼說來，以前加奈有說過：人會因為某些契機，而從舊的日常生活中走出來——經歷各式各樣的事情、學習各式各樣的東西。

在這當中，就會形成新的日常生活。

（……這話說得確實沒錯啊。）

至少我最近的經驗，多半都是繼續留在武偵高中就沒辦法體驗到的事情。

我覺得我學到了很多在武偵高中學不到的東西。

然而——加奈的那句話，其實還有後續：

但是，**人最後總是只能回到自己應該所屬的地方**。

……就在我眺望著飄舞的細雪，思考著這些事情的時候……

「金次同學，快要到晚餐時間了。」

不知不覺間來到室外走廊的蕾姬，彷彿是在暗示我那個**地方**似地——

穿著她最近拿來當作便服的**武偵高中**水手服，喚了我一聲。

遠山一家與借住房客齊聚一堂的熱鬧晚餐吃完之後……

蕾姬為了要幫艾馬基打預防接種，跑去位於練馬的某間動物醫院了——據說那是一間唯獨在晚上才有經營保險無法保障的某種副業，就算有點稀奇的寵物也會祕密接受的醫院。而預防接種又分為好幾種，因此最近蕾姬與艾馬基一週就會有兩天到那家醫院去。

而我則是……

明明一副很偉大地對里昂說教，自己卻完全沒有在保養貝瑞塔。於是想說偶而來檢查一下，而把槍從櫃子中拿出來……咦？

居然有人已經幫我確實保養過了。這明明就是一把改造槍，卻保養得非常完美。就連塗過油的痕跡看起來都還很新。

（……？）

正當我那顆連爆發模式都沒發動的腦袋陷入思考的時候……

我的手機忽然傳出「櫻花開時」的旋律。有人打電話來了。

然而，卻是我不知道的號碼打來的。

「……喂？」

我姑且接起電話——

「——好過分喔，遠山。你居然派你的手下過來。」

這帶著笑意的聲音……

是菊代。看來她不知道從哪裡查到我的手機號碼了。

「……你在說什麼？」

我頓時有一種不好的預感，於是決定不要掛斷電話，並回問了她一聲後……

「沒事。我知道的。剛才那只是想跟你確認『不是你』而已。」

「……？」

「另外我想說的是：我呀——跟望月萌稍微小聊了一下呢。『妳到底是遠山的什麼人？』這樣。」

——！

萌今天沒來學校。她明明至今為止都是全勤的。

原來那是因為菊代她——！

「……妳綁架她了？」

「不要說得那麼難聽嘛。我只是為了讓遠山能再次坐到我的桌上——所以跟萌談了一下生意呀。結果她居然就生氣了。我原本還想說她是個文靜的乖小孩，沒想到其實很有膽識嘛。所以說，我只是讓她留在我這裡，等她能夠冷靜下來而已。」

「……！」

被擺了一道啦。

這下我有人質在她手上了。

「再回到剛才我說**手下**的那件事情上吧。里昂他居然監視了我跟萌在喝茶的那間店，而且還是跟藤木林、朝青那兩個人一起。然後，當我的手下想要讓萌冷靜下來的時候——那三個白痴就衝過來了。」

「妳說什麼……！」

「呵呵，所以我們就稍微行使了一下正當防衛呢。可是那三個人，說什麼都不願意把遠山你的名字報出來，就算我們再怎麼逼問，他們就只會說——這是自己做的事情，跟**那個人**，還有身為那個人朋友的萌都沒有關係。要我們解放萌，讓那個人過平穩的生活——之類的話呢。」

到這邊都還混雜著笑意說話的菊代，忽然宛如露出本性般，用冰冷又嚴肅的語氣繼續說道。

「——那種話對黑道是說不通的。這四個人都是遠山的關係人。這筆帳，你打算怎麼跟我算？」

「妳沒殺了他們吧？」

「當然，**目前**還沒殺。」

「讓我聽證據。」

「我就知道你會這樣說——來吧，萌，是妳在暗戀的人喔。」

菊代的聲音稍微遠離話筒之後……

我聽到一陣「唔唔、嗯——！」的模糊聲音，接著傳來「遠山同學，不可以來呀！這裡有——」說到一半，又被毛巾之類的東西摀住了……

那確實是萌的聲音，讓我當場臉色發青起來。

「……遠山，讓我告訴你兩個小知識吧：第一，聽說在日本，警察每年都會接到八萬件左右的尋人請求喔；第二，只要是黑道，每個人都會知道幾個不管埋了什麼東西，都絕對不會被發現的場所呢。」

「這是威脅嗎……妳從以前就很擅長啊。」

「你在說什麼呀？真討厭。我不是說過這只是小知識嗎？書本上也有寫喔。」

落魄武偵——尤其是從諜報科出來的，實在有夠難對付。

有句話在武偵高中很有名：強襲科遇上諜報科是很弱的。

這句話從歷史觀點上來看，就很像武士與忍者的關係。

武士是最強的存在，他們會拿很好的刀，並學有高超的劍術。因為吃得好，又經過鍛鍊，所以身體很強健。住在堅固的城堡或宅邸中，因此防禦方面也很周全。

面對這樣的傢伙，即使有人因為某些理由想殺害他們——也殺不掉。**如果是用正面手段的話**。

然而，**從背後來**就可以殺得掉了。而負責這種工作的就是忍者。

忍者不會像武士一樣堂堂正正地戰鬥。他們總是會偷偷接近目標，使用投擲武器、趁熟睡時偷襲或是下毒殺害目標。要說他們很卑鄙也無可厚非……但他們本身並不會覺得這樣的行為可恥。只要能贏就好。在某種意義上來說，是一群精神堅強的存在。

而菊代原本接受的教育——諜報型武偵，在精神上跟忍者非常相似。

而對他們來說，抓人質是很普通的行為。

就連有「西洋忍者」之稱的華生，以前也抓過亞莉亞當人質。雖然在戰術上有點不同，不過看來我這次又被相同的手法擺了一道啊。這就是強襲型武偵最容易中招的典型陷阱了。

——我們再來約會吧。萌也很想見你呢——

菊代留下這句話並掛斷電話後，寄了一張地圖到我的電郵信箱來。我的信箱地址似乎是她透過萌的手機查出來的。而地圖則是菊代……也就是組長自己的家，俗稱**本家**。

想要我釋放人質的話，就過來吧——她最後的那句話就是這個意思。

我只能去了。

要是我不去的話，萌他們的性命就很危險。黑道這些人是說殺就殺的。正如菊代所說，他們是一群已經很習慣讓人消失在世上的傢伙。就算負責揹黑鍋的人遭到逮捕、起訴、實際受刑，他們甚至還會給予稱讚，並讓那個人升遷。那是一群對犯罪的評價與普通人完全相反、想法不正常的傢伙。

（而且，這件事情的責任……）

全部、都在我身上。

就算當時是為了爭取時間讓蕾姬可以逃跑，但我竟然在菊代的眼前跟里昂**玩了一下**。仗恃著自己在爆發模式之下，就得意忘形，這是最根本的錯誤。

一切都是我害的——所以說，我絕不可以拖任何人下水。

包括活在這日常生活中的、我的家人們也是。

我絕不可以破壞這平穩的日常生活啊。

因此，我必須要一個人解決才行。

蕾姬為了照顧艾馬基而不在家，或許可以說是不幸中的大幸吧。

（不過……）

不得已地換上武偵高中的防彈制服、配上貝瑞塔的我——是在平常的狀況下，連爆發模式都沒進入的我啊。

這樣的我去了，又有什麼用？

——在菊代的本家，肯定會有其他的幹部或手下。

就算我假裝自己處在爆發模式下，想騙騙他們，應該也瞞不過已經看慣我變化的菊代吧？

若是真的打起來……

流氓程度我還可以應付，但對付**專家**就很棘手了。

（……無論如何，我都必須靠對話解決才行啊。）

於是我瞞著大家走到屋外——看到夜晚的道路上，微微積了一層細雪。

我吐著白色的氣息，趕到位於西池袋的菊代大豪宅。

（這下變成一種**拜訪**了呢。）

在武偵界中，會把「踏入敵陣」稱為「拜訪」。

這種講法源自菊代他們的業界，是暗指組織間鬥爭的一種行話。

我提高警戒，從一扇和風的——巨大又豪華的門旁窺視內部……

「……！里昂、藤木林、朝青……！」

我赫然見到那三個人遍體鱗傷、渾身是血地癱在牆邊，於是趕緊衝過去，單腳跪下仔細一看……真是太慘了。

他們三個都被打到臉看起來像鬼一樣啊。

看起來……他們應該是無從抵抗的樣子。可是對方居然把他們打成這副德行。

「你們、幹麼要跟黑道……打成這樣啦……！」

他們見到我趕緊幫他們檢查有無骨折或內臟破裂的樣子——

「金……金次哥……抱歉……」

對著我道歉的——是鼻梁骨折，讓好端端的一張帥臉都泡湯的藤木林。

「咱、咱們都約好不要把您拖下水了……卻還是把您牽連進來……」

那、那種約定——

你們就為了遵守跟我這種人的約定，不惜變成這樣嗎？

那種約定，遇到緊急狀況的時候，根本就不需要理會的啊。

「金、金次哥說過，想要在學校過普通的生活……所以咱們想要叫組織把望月萌還來，想、想保護金次哥的生活的，可是……真、真是對不起……」

用低沉的聲音如此說話的朝青，粗壯的右手臂已經被折斷了。這要花一個月才能完全治好啊。

……我為了在學校勉強創造出屬於自己的日常生活，卻產生了破綻。而這幾個傢伙……就是想要幫我修正這些破綻。而且就因為我對他們說過什麼『不要跟我扯上關係』，結果他們就決定只靠自己的力量……

里昂這時「咳！」地吐出跟雪花一樣細小的血滴，於是我趕緊轉頭看向他。

「你、你還好吧……！」

「我……我可是徒手、跟他們打了勒。因為，我跟你、約好了。所、所以，我沒用槍勒。」

他滿是傷痕的臉……露出雖然無力，但充滿驕傲的笑容。

為、為什麼啦……！

你們為什麼要那麼乖地遵守跟我這種人的約定……

為什麼要為了**我這種人**，做出這種行動啦……！

「你們為什麼要跟他們打啦……還被打到這副德性！只要你們馬上報出我的名字，把我叫過來的話……你們就不用被他們打了啊……！」

我的眼眶中，不知道為什麼，滲出了淚水。

「藤木林、朝青、里昂……！我跟你們之間，根本沒有那種程度的道義吧！我們只是打過架、後來在屋頂上吃過飯的關係而已啊……！」

「──才不勒。」

里昂對我露出歪七八扭、但看起來莫名清爽的表情。

而藤木林與朝青也是，無力地對我「嘿嘿……」地笑著。

「在學校，每個人看到咱們都會把眼睛避開。可是就只有金次哥，願意從正面看著我跟朝青。」

「金、金次哥，願意真心地、對待咱們。嘿嘿……所、所以咱們、很高興啊……」

藤木林，朝青……！

「……所以說，咱們也決定要認真守護金次哥的願望。就只是這樣。」

里昂……！

你們居然就為了那微不足道的事情……為我做到這種地步……！

這三個人——其實都遭到大家的孤立，而感到很寂寞啊。

被學校或社會排斥，被大家避諱，變得沒有容身之地。

那種心情，我能感同身受。因為我也經歷過啊。

就在他們感到孤獨的時候，我當著他們的面，與他們對峙。雖然時間不多，但也跟他們像朋友一樣相處過一段時光。

這三個人，就只是為了這樣的理由……

「可、可是、咱們……到最後、還是給金次哥添麻煩了。竟、竟然還害金次哥、跑到這種地方來……真的、真的、很抱歉……」

「嘿嘿……這、這就代表咱們、廢物終究只是廢物啊。就、就像垃圾一樣、倒在這種地方、嘿嘿……」

「請您不要……管我們這種人了。我們這些人……看在社會的眼裡，就只是像臭蟲一樣啊。」

聽到藤木林、朝青跟里昂對我說著這種話——

「不對……！」

我立刻站起身子，抬頭瞪向鏡高組的大門。

赤松中學
緋彈的亞莉亞
Aria the Scarlet Ammo
撒落狼犬之雪
XII
尖端出版

「你們為了拯救萌、為了幫助我，努力奮戰了。你們為他人而戰，甚至不畏懼傷害到自己。這不是每個人都可以做到的事情。」

我這個人——只懂得武偵的話語而已。

所以，我抱著一名武偵對倒下的同伴說話時的心情說著。

「你們才不是什麼臭蟲，你們是人。為了他人全力奮戰，就算最終倒下了，也應該值得驕傲。那是身為人才會有的姿態。要是有誰敢提出反對——我就幹掉那傢伙……！」

我才應該……

我才應該對你們道歉啊。

擁有力量的人，竟然讓沒有力量的你們去戰鬥。

這不是可以被原諒的事情。

——持有槍械的人就有其責任。

我在學校屋頂上對里昂發表過的高論，現在讓我覺得好可恥。

不只是槍械而已。

擁有力量的人，就有其責任。

那就是要為沒有力量的人戰鬥，是重要的責任。

我犧牲了里昂他們……遲了許多，現在才總算領悟了。

是他們讓我學到這件事情的。出了武偵高中之後，第一次有了這種想法啊。

「——金女。」

我對自己的背後喚了一聲後……

「啊哈，被發現了。」

穿著水手服的金女，便踏著輕快的腳步，從街角現身了。

「是的，從『早安』到『晚安』，一整天守護著哥哥的可愛妹妹登場～」

總覺得以前白雪好像也有說過類似的話啊。

「妳不要以為在下雪天可以跟蹤別人。就算妳踏著我的腳印，我還是可以聽到聲音啊。」

「我是有察覺到哥哥已經發現我啦。可是哥哥又沒有來把我趕走。」

「就算我把妳趕走，妳還是會跟來吧？」

「沒錯，嘿嘿——」

「但是，就到這邊為止了。在這裡的黑道，我必須要自己一個人解決才行。我會這樣想的理由，在剛才又多了一項啊。」

「唔——讓人家做點事情嘛～那樣我就不會去跟蕾姬、Ⅲ或是大家告密了喔。」

「那……妳就幫我把這三個人送到醫院去吧。另外……關於手槍的保養，謝謝妳啦。」

「要道謝太不合理了～。那本來就是身為妹妹該做的呀。」

金女說著，對我拋了一個可愛的媚眼。

哎呀，雖然這有一點像在套話啦。不過，認真幫我保養手槍的人，其實就是她。畢竟蕾姬不會擅自碰別人的槍，GⅢ根本就把槍看成是玩具，而爺爺跟奶奶則都是訓練我「自己的事情自己處理」啊。

所以經過消去法之後，我就多少可以猜到是金女幫我保養的了。感激不盡。

話說回來——

我現在的心理狀態，就跟武偵高中時代一樣啊。

我可以感受到，那股感覺現在回來了。

雖然心中充滿對鏡高組的憤怒，但是卻很平靜。

越是遇到發生事件的狀態，我的腦袋就反而會越加冷靜。

面臨賭命狀況的緊張感，甚至會讓我感到很舒服。

——看來我也一點都不正常啊。

「不過……哥哥一個人真的沒關係嗎？你看起來不像有進入HSS呀。」

「總會有辦法的。」

「那我就相信哥哥吧。」

我跟扶起里昂的金女如此對話了幾句之後，接著對里昂問道。

「萌在裡面對吧？」

「是、是啊……」

里昂對我點了點頭。

——好，那就走吧。任務內容是救出萌。敵方人數未知，武裝亦未知。我的狀況別說是王者或狂怒了，連普通的爆發模式都沒發動，只是平常的我。預估這份工作應該會很艱難。

不過——這也是家常便飯了。雖然是條險路，但我已經走慣啦。

「晚安。」

造型古典但卻是自動開閉的門打開後……

穿著之前那套改造和服、化妝得漂漂亮亮的菊代，一個人走出來迎接我了。

「對不起喔，遠山。不過我呀，好想是那種越是喜歡的對象就越想捉弄的類型呢。」

「我可沒那心情聽妳開玩笑。」

我們走在積雪的寬廣和風庭園中，來到水中養的每一條鯉魚都大概價值幾百萬元的池塘對岸——走進豪宅的玄關大門。

一旁的車庫裡，除了一整排的高級車之外，還停了幾輛大型哈雷機車，以及載在牽引車上的競技快艇之類的。

「呵呵，遠山的表情，果然看起來很有活力呢。」

在比我房間還要寬敞的玄關中，菊代用和服的長袖子掩住自己的嘴巴笑著。

她的眼神看起來就好像是見到獵物落網的女郎蜘蛛一樣。

「……萌在哪裡？」

「真是的，一下子就把別的女人的名字掛在嘴上。在這裡啦。那孩子好愛生氣，真是討厭呢。」

菊代鬧彆扭地把臉別開後，走到走廊上。

走廊的牆壁上宛如水族館般鑲著巨大的水槽，裡面可以看到大型魚類在游動著。

我在菊代的帶領下，來到一間大概有一百平方公尺的客廳。

「……」

客廳的牆壁上掛著漂亮的油畫，柱子旁擺飾著青瓷壺與阿修羅像，桌上則是放著玻璃水晶燈。

這些應該都是價值數千萬的寶物吧？

雖然就美術觀點來說，這些東西一點統一性都沒有，但那種事情對黑道而言無關緊要。他們之所以會在大宅邸中收藏美術品，是因為即便是銀行的戶頭也會有被警察查封的風險，所以這算是他們特有的一種風險分攤方式。畢竟不動產或是美術品之類的東西，在遇到緊急的時候比較容易換成現金啊。

不過，我真正在注意的並不是這些東西。而是從客廳各處看向我的一群黑道分子。

首先，是我之前有見過面的幹部……西裝筆挺、身材高瘦的東大畢業男坐在沙發上。

另外還有五名似乎是住在這裡的黑服小弟，全都站在門的旁邊——手上各自都握有一把突擊步槍。

（ＡＫ—47，有五把啊……）

這下有點難對付了。

在舊蘇聯被採用為制式步槍，在中國也有被授權生產的ＡＫ—47——並不是什麼特別優秀的槍枝。準度差，在設計上也有缺陷。

然而，它們不管怎麼說都是突擊步槍，當然具有連射能力。雖然因為使用比較有威力的七點六二毫米子彈，讓裝彈數較少，但還是比我拿的手槍要多得多。

那不是平常狀態的我能對付的火力啊。

而且，ＡＫ—47就算稍微有些生鏽，或是膛線被磨耗，也不會合我的意發生故障之類的事情。那是以戰爭為前提所設計出來的槍，可靠性是很高的。

「……是黑槍吧？」

雖然明知是個蠢問題，我還是以武偵的身分姑且問了一下。

就算沒有理子那把霰彈槍那麼困難，但突擊步槍依然還是很難通過槍檢——也就是槍械檢查登錄。如果只有一、兩把也就算了，但居然會同時擁有這麼多把……想必那全都是未經公安認可就流放到黑社會的**違法槍械**吧？

與違法槍械走私的王道通路——中國有交易關係的菊代，則是用一副連回答都覺得愚蠢的口氣對我說道。

「只是還沒登錄而已啦。」

「也就是你們不會開槍了？」

「誰知道？」

就在我跟菊代說著這些讓東大畢業男都忍不住噴笑出來的對話時——

「……遠山同學……！」

在男公關風格幹部的輕輕推壓下，萌現身在客廳中了。

「萌……！」

奔到我面前的萌，雙手的拇指被束線帶綁在身後。那是一種最為便利、卻同時能有效綁住雙手的方法。

或許是因為慌張的關係，萌撞到我的身體後當場跌坐在地上——於是我跪下單腳，讓視線與她同高，並為了讓她鎮定下來而溫和地對她說道。

「妳沒被他們做什麼過分的事吧？」

「沒、沒有……他們是沒有對我做什麼事，可是……」

「藤木林他們現在已經被送到醫院了。別擔心，死不了的。」

聽到我這句話，個性善良的萌就露出鬆了一口氣的表情……而菊代則是嘀咕了一句「那還用說」，不太高興地嘆了一口氣。

「——菊代，妳這已經徹底構成綁架・誘拐未成年人罪了喔？」

「我們只是拿束線帶在玩的時候，不小心綁成那樣而已呀。」

面對事到如今還在跟我裝傻的菊代——我露出了真正動怒的表情後……

「是、是因為……是因為這孩子先撲過來想抓住我的呀！」

菊代大概是因為不希望被我討厭的關係，而低下臉無辜地翻起眼珠，對我狡辯著。

「我們在咖啡店聊天的時候，我只是稍微提了一下我跟遠山的男女關係……她就『騙人騙人妳這個大騙子！』地對我大吵大鬧呀。明明我的手下都在旁邊的說。」

聽到菊代這麼說，萌就——忽然露出一點都不像她的火大表情，抬頭狠狠瞪著菊代。

「誰、誰叫妳要說那種、色、色、色色的事情！」

……什、什麼？

菊代，妳到底對萌說了什麼跟我之間的事情啊？

「——有一部分是真的呀，雖然都是以前的事情了。」

菊代用力挺起她那其實很平坦的胸部後——

萌霎時臉色發青，露出「哇哇哇……」的表情看向我……

然而，以前確實常常被菊代還有那群女生們騙到保健室或理化教室裡，然後被她們開啟爆發模式的我……只、只能把眼睛避開萌的視線了。

於是萌又轉頭看向菊代，對這位黑道的女組長露出「唔～！」的表情，狠狠瞪著。

妳、妳還真是天地都不怕啊……萌。

不過話說回來，我總覺得這件事情並不單純只是這兩個人在吵架，另外好像還夾雜著什麼私人恩怨的樣子。

而且很明顯地，跟我有關係。

這下我更覺得責任重大啦……

就在我這麼想的時候——

東大畢業幹部從沙發上站起來，對周圍的人命令了一句「綁起來」……將我跟萌用長繩索背對背綁在一起了。

而男公關幹部則是一臉笑笑地走到我面前，沒收了我的手槍與短刀。

不出所料，他們並不打算輕易放我回去的樣子。

到這邊為止都還在我的預料範圍之內。接下來就是——要跟菊代進行交涉了。

我有我的交涉材料，那就是我本身。

畢竟菊代之所以會把萌抓走，似乎目的就是我啊。

因此我抱著盡可能答應菊代要求的覺悟，準備開口問她的時候……

「大姐，請問您有帶槍嗎？」

東大畢業男問了菊代這麼一個問題。

「嗯？沒有呀。」

菊代回答之後，忽然從她的身後——

啪！

公關男一把抓住了菊代的頭。

「——！」

面對皺起眉頭環顧四周的菊代，東大畢業男露出一臉賊笑。

接著，手下們將睜大眼睛的菊代……跟我們一樣用繩索綁起來了。

菊代「碰！」地一聲被推倒在我們身旁後——

「你、你們這些傢伙……！」

她狠狠地抬頭瞪向哈哈大笑的東大畢業男與公關男，連亂掉的髮型都沒辦法撥好。

「抱歉啦，大姐。從那個小鬼來到這裡的那一刻開始，**妳就不是我們的老大啦**。」

——居然……是造反！

不……不妙，我完全沒預料到會在這個時間點發生這種事啊。

我原本打算利用跟菊代的交涉來脫逃的計畫，這下全泡湯了。

「妳可別跟我說妳不知道。讓一個女人，而且還是小鬼當我們的老大……害我們被多少人笑話。唉，到今天為止，我真的過得超痛苦的啊！」

「哎呀不過，我也不是說大姐妳一點都沒用喔？至少條子們就是因為這樣，對我們管得比較沒那麼嚴……而且上一代真的很偉大，所以光是身為他的女兒，就讓一些老一輩的人願意給我們很多工作。但是，我們已經沒有那種需要啦。」

東大畢業男抽了一口雪茄，「呼──」地將煙吐在菊代的臉上。

「畢竟我們現在已經擁有很強大的中國管道了。」

「雖然努力為我們建立起這條管道的，就是大姐妳啊。」

兩個人當場大笑起來──不只是這兩個人而已，我想那群幹部們應該大家都很贊成這場叛亂吧？或者搞不好，是**被迫贊成**的，所以現在才會不在場。

（現在回想起來，其實……之前就有預兆了……）

我之前在千石的那間紅寶石餐廳──也有感覺到不太對勁的地方。

不管是被菊代用水潑熄雪茄的東大畢業男，還是被菊代要求收拾菸斗的公關男──當時一點都沒有表現出生氣的樣子。他們**太聽話**了，簡直就像是為了隱瞞什麼事情一樣。

就連菊代命令他們離開，讓我們兩人獨處的時候……大家離開房間的腳步也太快了。他們明明有掌握到我的戰鬥能力，卻完全沒有顧慮菊代的安全。明明就是職業的，警戒心卻太低了。連留個人下來監視都沒有做。

那也就是說……

對他們來講，菊代已經不重要了。

他們當時真正在意的，反而是——

「然後呢，大姐妳最後……雖然表現上起起伏伏，不過還是幫我們把這個危險的小子——遠山釣上鉤啦。畢竟這傢伙的實力，不是光靠我們就可以綁架的對象啊。哎呀～猴老師一定會很高興的。」

是中國方面很想要的——戰鬥人員……也就是我……！

「遠山金次同學，你知道嗎～？你接下來就要被賣到香港的黑社會去囉？不過，你可以跟你的朋友好好炫耀一下，因為你的價格超高的啊。」

然而當時，在爆發模式下的我，卻將注意力都集中在與菊代，也就是與女性的餐會上——

結果就輕視了他們這群人在紅寶石餐廳表現出的可疑態度了。

（這明明是可以事前預防的事情，我卻放著不管……這也是我種下的因果啊……）

我到底是在搞什麼？

想當個普通人，卻老是在……給其他人添麻煩……！

「畢竟在日本有一種叫『附加贈品』的文化。我們就免費加送**兩位**可愛的女孩子給他們吧。」

「不過在那之前，大姐妳要好好補償一下我們至今為止受過的苦啊。」

聽到公關男吐著他戴有舌環的舌頭說著這種話……菊代她……

……低下頭……嗚……嗚嗚……

哭起來了。

斗大的淚珠「滴答、滴答」地落在地面上。

那樣子看起來就跟普通的少女一樣。

雖然菊代本身並非都沒有錯，但這實在是……太可憐了。

話說，這下怎麼辦啊？

我們怎麼看都已經被將軍了吧？

難道要我拿解放『附加贈品』為條件，乖乖去香港嗎？

就在這時——

「——喂，老哥。」

房間裡忽然響起了**不見人影的聲音**。

黑道們全都嚇了一跳，不管是幹部還是手下，都慌張地東張西望著。

而我也睜大了眼睛抬起頭，對聲音的主人說道。

「我……我都沒發現到你啊，GⅢ。你又來跟蹤我？」

「老哥，你根本就只注意金女對吧？『雙重跟蹤』這種小事，拜託你察覺一下行不行？」

透明的GⅢ用有點鬧彆扭的聲音說著——

然後輕輕將睜大淚眼的**菊代**抱了起來。

那畫面看起來就像菊代忽然浮在半空中一樣。

看著菊代用人類走路的速度輕飄飄地離開原地的樣子……

不管是黑道們，還是萌，全都呆著臉僵住不動了。

「就當作是參考吧，你是怎麼跟蹤我的？」

「走在電線上。」

「一點都沒辦法拿來當參考啊……然後勒？你為什麼要先救菊代？」

對著虛空，或者應該說是對著透明人狀態的弟弟說話的我，身上的繩索——

其實剛才已經被GⅢ切開了。

這下我至少能動啦。

「因為**很美**啊。我就剎下來好好收藏吧。而且今天這麼冷，老哥你應該也很想稍微動一動吧？」

GⅢ說著——將菊代抱到窗邊後，切開菊代身上的繩索……

……等等！你、你幹麼解開她和服的腰帶啦！

「咦……怎麼回事……不、不要呀……！」

慌慌張張、滿臉通紅的菊代，接著就從空中──留下腰帶與改造和服──宛如被扔起來攤開的書卷軸心一樣，滾呀滾地掉到我這邊來了……！

「──呀哇哇哇！」

「──嗚哇！」

碰！

跟我激烈相撞的菊代……身上只剩下看起來很昂貴、呈鮮紅色、刺繡底下的肌膚會透出來的──既成熟，布料又少得驚人的小可愛內衣……！

眾人看到這一幕，又再度驚訝得彷彿心臟要破裂了一樣。

──撲通──

然而心臟受到最大**衝擊**的人，是我。

這是菊代自己也知道的事情，而我不想去猜測她為什麼今天要這樣穿。不過──我對於「小可愛內衣」這樣的武器，尤其對紅色很沒抵抗力。

另外還有白色，跟黑色。

除了這三原色之外，我最近也發現我對金色沒什麼抵抗力。

……仔細想想，根本是什麼顏色都可以嘛。我也太沒節操了吧？

「不、不要呀……！」

在「惡代官脫良家婦女衣服之空中版本」下，讓身上瞬間只剩下內衣的菊代，趕緊用手遮住身體與胸部之類重要的部位。

然而，再怎麼說也不可能光用手就遮住全身的。

「咦?太好了……繩索斷掉了呢！遠山同學的也是！」

聽到萌說著這種完全不會看狀況的發言，我也沒辦法繼續裝作沒辦法動彈了。

於是我只好站起身子——

而GⅢ則是伴隨著像閃爍的日光燈一樣「唧唧……唧唧……」的聲音，讓身影出現在大家面前……

老、老弟啊，你說我到底應該從哪一點開始吐槽起才好?

「真是漂亮的西陣織布料。看啊，老哥，你不覺得這萬壽菊刺繡簡直就是藝術嗎？」

卸下光曲折迷彩、露出天真無邪的笑臉欣賞著菊代那件**美麗**和服的GⅢ……不但戴著像有色眼鏡的HMD、全副武裝地穿著他那套護具，而且還把經由我的手、從里昂他們那邊拿來的特攻服穿在身上。

這麼說來，GⅢ好像很喜歡那件特攻服的樣子。

哎呀，今天我就原諒你……你就穿著那件衣服戰鬥吧。

畢竟接下來這一戰，在某種意義上也是為了里昂他們的復仇戰啊。

菊代的眼睛來回看著到剛才為止還是她手下的組員們，以及GⅢ。

而我見到她的肩膀微微在發抖的樣子……

「……菊代，我之前說過的話，沒錯吧？」

於是輕輕幫她整理了一下頭髮，並對她露出微笑。

「——黑道是不可以信任的。」

看到我拋了一個媚眼，菊代她——滿臉通紅地**明白了**。

明白我已經變成她的正義使者了。

到這時，黑道們才總算回過神來……

「該死！」「這小鬼！」「你混哪裡的！」

——咑咑咑咑咑咑咑！

突擊步槍紛紛對著GⅢ發出轟響與槍口焰。

然而，噹噹！噹噹噹……！

彈雨完全打不穿他身上漆黑的護具。

相反地，GⅢ則是使出「捻轉」——類似我「螺旋」的招式——將子彈反射回去，

「碰！啪！」地把AK—47一把接著一把破壞掉了。

看來GⅢ很熟悉跟突擊步槍的戰鬥嘛。他破壞的都是扳機周圍或彈匣接口之類重要的地方，讓步槍確實失去射擊機能了。

「看來**你也進入了**啊，GⅢ。」

「沒進入就太失禮啦。這裡可是有雷諾瓦、景德鎮窯、湛慶跟艾米里・加利勒。」

GⅢ指著客廳裡的油畫、瓷壺、佛像跟水晶燈笑了一下後，「碰磅！」一聲踹破房門與周圍的牆壁，跳到從窗戶可以看見的庭院中。

話說……你只要看到美術品就會爆發啊？看來你的病也很讓人困擾呢。

「老哥你也靠那女人進入了吧？」

「是啊，算是一種舊情復燃吧。」

我一邊說著……一邊保護菊代跟萌，暫且讓她們從充滿煙硝味的室內先避難到庭院中。

接著只要穿過這塊積雪的庭園，便是大門了。

就先讓她們從那裡逃出去吧。

「——你們好歹也算黑手黨吧？別跟老子說你們這樣就玩完啦！能打的傢伙給我站出來！在老哥面前，我不會取你狗命的啦！」

將菊代的衣服掛到松樹上的GⅢ，是個以「討伐全世界惡徒」為興趣的男人啊。

話說，我從一開始就很想講了：老弟啊，你遣詞用字太粗魯了啦。

這樣根本就搞不清楚誰才是黑道啦。看來從明天開始，我要幫你上一上日文講座才行了。

「殺、殺了他們！才兩個人而已啊！」

明明從東大畢業卻毫無學習能力的高瘦幹部如此大叫後，沙沙沙……

簡直就像時代劇的後半高潮橋段一樣，表情可怕的大哥們傾巢而出啦。

人人手上要不就是霰彈槍、要不就是衝鋒槍——至少有五十個人登場了。

從他們散開的方式看起來，訓練程度非常低，但是人數也太多了。

這下想要保護著菊代跟萌撤退到外面去，變得有點麻煩啊。

真沒辦法。

就來向我走到屋外的瞬間才發現的**另一名同伴**請求支援吧。

於是我背對著GⅢ與黑道們開打的聲音……露出笑臉抱住菊代與萌的肩膀——

「……唉，這下難對付啦。不過，萌、菊代，妳們有看到遠處的那顆星星嗎？向她祈禱看看吧，『請救救我們』這樣。」

我將兩個人的臉頰貼近到我左右，用手指與視線指向天空上一顆閃耀的星星。

「少女的祈禱，或許可以讓星星聽到喔？」

「——！」

「——！」

即使個性不一樣，這兩個人同樣都是擁有少女情懷的女孩子啊。

在我「來」「祈禱吧」地細聲慫恿下——兩個人都「嘩——」地臉紅起來了。哈哈，在這種時候、這種狀況下，她們還是這麼可愛呢。

「……星、星星呀……請救救我們……！救救遠山同學！我、我怎麼樣都無所謂的……」

萌如此祈禱著，還偷偷瞄了我一眼。

現在的我很清楚，其實妳有一點策士的資質呢。

希望妳以後不要在那方面成長太多啊。因為我可是對女性的謀略很沒抵抗力的。

「我、我也是……就算我怎麼樣都無所謂！可、可是請您救救遠山吧……星、星星大人……？星星大人……！」

而菊代也彷彿在跟萌對抗似地接著說道。

我以前都誤會妳是個很成熟的女孩子——

但其實那是因為妳生活在複雜的家庭環境中，所戴上的面具而已吧？

妳緊閉著雙眼祈禱的側臉，看起來有種年幼而純真無邪的感覺呢。

於是——就在這兩個人發現到我所指的那顆星星漸漸**接近我們**的時候……

「好啦，星星女神——『雙劍雙槍』要降臨啦。」

笨蛋金次——！

嗚哇，我話才剛說完，就傳來女神大人的娃娃聲啦。明明還距離那麼遠，真虧妳看得到啊。

——**亞莉亞**。

沒錯，那其實並不是什麼星星，而是穿著平賀同學幫忙重新製作的……一種叫「滯空裙甲」的飛行裝備，飛在空中的神崎・H・亞莉亞啊。

唉，看來我離家出走的事情終究還是被她發現了。

亞莉亞握著她的招牌武器——兩把 Government，背對著天上的滿月，停滯在空中——

「金次！我好想念你呀……唧哩唧哩。」

凶狠地摩擦她的犬齒，用紅紫色的雙眼瞪著下方的我。

「妳想念我？還真巧啊。」

「——什麼很巧啦！」

「我也很想念亞莉亞啊。」

我先下手為強地對她拋了一個媚眼後，砰砰砰砰砰！

廣範圍空襲庭院的 Government，彈出的彈殼宛如金色的雪花般灑落。

憤怒的點４５ＡＣＰ彈，將黑道們指向空中的槍紛紛打落了。

（真不愧是待過羅馬武偵高中的人，對付暴力集團的手法很熟練嘛。）

亞莉亞輕飄飄地在空中躲過敵方子彈的同時，首先從霰彈槍、突擊步槍與衝鋒槍等等危險度較高的槍械開始破壞起。

在不斷發射子彈，甚至偶而還左右手交叉射擊的亞莉亞將敵方火力封鎖後，她接著在空中「唰唰、啪！」地將手槍繞手指轉了幾圈、收進滯空裙甲的隙縫間——裙子底下的槍套之後，化為二刀流模式俯衝下來了。

而且還露出憤怒的表情，瞪著抱住萌與菊代的我。

「好啦。亞莉亞，妳是聽誰說的？」

「是一通匿名電話啦。聲音聽起來還是代理人幫忙把聯絡信讀出來的那種。」

看來偷偷告密的那位人士……是個做事有點大費周章的人呢。

嗯——究竟是誰啊？

「話說金次，你到底是在做什麼啦！」

「只是稍微體驗一下社會學習而已啦。」

「社會學習……喔。」

亞莉亞露出一臉無奈，環顧包圍著我們的黑道。

「那你是在當一般市民了？」

「我是那樣打算的啦。」

「然後呢？甚至還交了普通人的女朋友是不是？」

似乎是對這件事在生氣的亞莉亞，用殺人視線看向萌與菊代——

於是我只好放開她們，像西方人一樣把雙手舉在空中，做出「真拿妳沒辦法」的動作。

「──要是我做出那種事的話，亞莉亞不就會孤零零一個人了嗎？」

聽到我這句話的亞莉亞，「噗！噗哇！」地叫出莫名其妙的聲音，同時「唰！」地露了一手她擅長的超特急紅臉術，「哇哇哇！」地差點把刀掉到地上了。

我趕緊幫她把刀接住，握回她手中後──

「話、話說那個！GⅢ！看起來好像是站在你這邊的樣子。到底是怎麼回事！」

啊，她把話題撇開了，而且連視線也一起撇開呢。

「這說明起來很複雜，不過總之現在先跟他合作吧。」

聽到我這麼說完──

亞莉亞就「哦～？」地用很像她不拘小節的態度，認同了我的弟弟成為夥伴。

「那我們就來把那群多如狗毛的傢伙們全都掃蕩掉吧。我都興奮起來了呢。」

說著這種好戰臺詞的亞莉亞……忽然「啊」地一聲，彷彿想到什麼事情一樣抬頭看向我的臉。

「金次，這件事，我等一下要跟你收錢喔？畢竟幫助一**般市民**是武偵的工作呀。」

不管怎麼說，似乎見到我之後真的很開心的亞莉亞──

──輕輕對我拋了一個媚眼。

那是讓我甚至願意花上一個小時好好稱讚的可愛媚眼呢。

「不過，哎呀，既然都是熟人了，我就幫你打個折扣吧，金次。」

雖然對GⅢ不太好意思，不過我還是把和服回收回來，帶著萌與菊代避難到大門外之後——就算敵人的程度再怎麼低，爆發模式下的我依然為了保護亞莉亞而回到庭院中。

然而，那群黑道早就幾乎全被GⅢ跟亞莉亞收拾掉了。

我對那群被亞莉亞用繩索綁住腳的黑道們可憐的樣子苦笑一下後，穿過地上滿是壞掉槍枝與破損刀刃的庭院。

而在宅邸門前，我則是看到……

口吐白沫、倒在地上的東大畢業男旁邊——

「你、你們到底是什麼人啦……！我、我現在、可是副組長啊！你們知不知道！」

似乎到剛才為止都不知躲在哪裡的公關男，雙腳發抖地威脅著亞莉亞與GⅢ。

用他剛才搶走的——我那把手槍。

不過，他說的話根本沒有威脅力。

「那是金次的貝瑞塔吧？為什麼被搶走了啦？」

「我暫時幫你保留下來，沒把它破壞掉囉？畢竟老哥很窮啊。」

亞莉亞他們已經徹底露出「事情已經解決囉」的表情，對我說著。

GⅢ甚至還一副輕鬆地用小指在摳著耳朵。

「給我滾！我不殺你們了，你們快給我滾啦！」

而悽慘大叫的公關男則是……

因為不知道應該要瞄準誰才好，而讓槍口左右不停搖晃著。

他應該是已經理解了，就算先殺了GⅢ跟亞莉亞再射殺我也沒用——甚至反而會被我們幹掉的事情。

「好啦，我們會走啦。只是你要先把借走的東西還給我啊。」

要是遺失槍械的話可是大事一條，因此我走向公關男——卻又止步了。

……因為我察覺到背後發生了一件讓人困擾的事情。

萌跟菊代，居然跑回來了。

（為什麼……！）

彷彿是在回答我心中的疑問般……

「——不、不、不要對遠山同學開槍！」

沿著低矮樹叢繞路爬過來的萌，出現在我們的眼前。

而且在她的手上……

（……槍……！）

居然握著一把自動手槍。

白朗寧大威力手槍。

那是一把比利時生產的手槍，做工扎實，相對上較為輕量。重要的是在設計上為雙排彈匣，握把卻很細，適合握在東方人的手上。在日本也是很受女性歡迎的手槍。

萌她……不只是手在發抖而已，站的姿勢跟握槍的方式都很不成樣。

但她還是可以開槍射擊，因為保險卡榫已經被打開了。

——是菊代把自己藏在庭院某處的槍交給她的吧？

「那女孩毫無疑問是個普通人喔？喂！不准把槍口對著她。我們組織不允許射擊普通人呀。你連這種事都忘了嗎？」

面對看到萌的槍口對準自己而慌張起來的公關男，菊代也「沙、沙」地踏著積雪，從我背後走出來如此說道。

接著，她走到我的前方，站在可以保護我左胸的位置。而她的手上，則是什麼東西都沒有拿。

「你要開槍就對著我開。這樣你至少可以對猴老師說得過去了。」

「住手！萌……菊代！妳們為什麼沒有逃走！」

我對這兩個人大叫後……

「因、因為，我也想要跟那位粉紅頭的女孩子一樣……保護遠山同學呀！」

萌彷彿在忌妒亞莉亞似地對她瞥了一眼後，再度用雙手握住手槍。

在我的腦海中，頓時浮現出蕾姬說過的烏魯斯諺語，後半段——『不可把狗變成狼』。

住手啊，萌。妳不可以扣下那個扳機。妳只要跟妳養的那隻牧羊犬一樣，繼續當隻寵物狗就可以了。妳沒有必要為了我這種人，踏入狼的世界——踏入**我這邊**的世界來啊。

妳只是個普通的女孩子，不是能夠在這邊的世界中活下去的人啊。

所以妳不要開槍。妳絕對、不可以開槍啊……！

「——這是一個了斷呀，遠山。中國人沒那麼天真。既然事情都發展到這個地步了，就算那群白痴要跟對方找藉口，也需要一顆代罪羔羊的頭呀。」

「……菊代……！」

「而且，遠山，想要保護你的人，不是只有萌而已。我明明從過去就一直給你惹麻煩，你剛才卻救了我……我真的很高興。你果然——是我的英雄呢。雖然終究只是形式上而已，不過我欠你的東西，就這樣還清囉。」

背對著我說話的菊代，聲音聽起來很冷靜。是已經做好死亡覺悟的聲音。

菊代她……想要以死向我賠罪啊。

包括國中時代利用過我的事，以及這次的事件，全部。

而就在萌與菊代，兩個人同時面臨著不同危機的時候——

「菊代……妳這傢伙……！」

公關男似乎判斷萌的子彈不太可能會擊中他，於是將貝瑞塔指向菊代了。

對好準心與瞄準孔，指向菊代的頭部。

你這傢伙……該不會是要對一個手無寸鐵的女性開槍吧！

而且菊代不是讓你們至今為止都有飯可吃的女人嗎？你竟然……！

「……可惡……！」

現在這個情況──

是複數射擊線狀況啊。

複數的人手持槍械，彼此將射擊線瞄準對方，讓大家都無法動彈的一種困難狀況。

而亞莉亞與GⅢ──都遵照著遇到這種狀況時的鐵則，並沒有立刻採取行動。

但是，那個幹部一定會開槍的啊。而且就在幾秒之後。

「──喝啊啊啊啊啊！」

公關男靠著吼叫壯膽，準備用力扣下扳機。

（該怎麼辦？這下該怎麼度過難關啊──！）

現在的我，既沒槍也沒刀。

而且我還必須要保護被槍口對準的菊代。

就算我想挺身出來，也沒有時間讓我搶到她面前了。

為了尋求解決之策，我的腦海中閃過無數的記憶——

接著立刻對GⅢ用眨眼訊號傳達了一個『B（Browning，白朗寧）』字。

已經沒有時間讓我打更多眨眼訊號了。

而我對亞莉亞則是只用視線傳達了「相信我」之後——下一個瞬間——

——砰砰砰砰砰！

從各自不同的方向，五把槍幾乎同時發射了。

瘋狂大叫的幹部手上的貝瑞塔；因叫聲而反射性開槍的萌手上的白朗寧；銀白色與漆黑色的Government；用GⅢ版不可視子彈發射的USP。

剎那間，在我眼前化為慢動作的世界中——

距離上，首先是飛向公關男的白朗寧子彈，被GⅢ的擊彈戲法……也就是彈子戲法彈開。

緊接著是亞莉亞擊出的左右兩發子彈，分別貫穿幹部與萌的衣服袖口……巧妙地讓他們的手都被拉扯一下，把槍脫手。

同時——

我可以看到貝瑞塔擊出的灼熱九毫米帕拉貝倫彈，正逼近眼前。

彈道瞄得非常準。這樣下去會擊中菊代眉間的。

（——嗚……！）

菊代站在保護我左胸——也就是心臟的位置。

就位置上來說，我沒辦法將左手伸到菊代的面前。

因此我情急之下伸出來的，就只有空下來的右手而已。

只靠一隻手的話，沒辦法隔著菊代的肩膀使出空手偏彈。

就算我用右手稍微偏轉子彈的走向，依然還是會擊中菊代的眼睛。就體位上來說，我也不可能使出螺旋。

我至今為止的任何招式，都沒辦法保護她。

因此——

我用左手將菊代抱過來護住她，並同時用右手——！

「……」

四周——陷入了一片寂靜。

所有人都用驚愕的表情看著我。

不管是丟了槍的公關男、萌，還是剛開完槍的亞莉亞與GⅢ。

就連閉起眼睛準備迎接死亡的菊代也是……在發現自己被抱在我左胸之後，錯愕地從極近距離下抬頭看著我。

「……」

終於……

我還是做到這一招啦。

就是我內心中一直很擔心，會不會在哪一天真的使出來的那一招。

做出這種事情來的話——套句理子的話——就完全是個非人哉人類啦。再見了，人類。

而且……這次的目擊者還很多勒。

我不禁對自己的行為苦笑了一下後……

「——這暖暖包也太熱了吧。」

將**握在手中的子彈**，丟到腳邊的雪中。

——徒手抓彈。

在原理上是個很單純的招式。

訣竅就是要在一瞬間，將手**配合子彈的速度**往內縮……

接著，就只要輕輕抓住子彈便行了。

這是從爺爺用筷子配合蒼蠅的速度抓住的那招做為靈感，將子彈的動能化為零的一種招式。

將手臂利用全身連動技‧櫻花的反技——橘花往內縮，同時加上回轉。

不過光靠手臂當然沒辦法達到音速，所以子彈的威力還是多少傳到手上了。

然而，那也頂多是時速一〇〇公里左右的力道而已。大概就是用棒球選手輕輕投球的速度，接住一顆八公克的子彈罷了。

而手臂本身產生的動能嘛……就是對奶奶用過的秋水有樣學樣，利用反技抵消掉了。所以在我的腳下，留下了一點點向後滑的痕跡。

最後的結果就是——

旁人乍看之下，會很像是我單純把飛來的子彈抓下來了。

不要說是菊代，就連我也沒有受什麼傷。

頂多就是因為徒手抓住被火藥燃燒而發熱的子彈，讓手掌被燙傷了而已。

不過，啊～這燙傷應該會起水泡吧？真討厭啊。

「那招連我都沒做過啊。」

輕輕揮出一拳，把公關男揍飛到隔壁房間的GⅢ，將搶回來的貝瑞塔還給我了。

「我也是剛才第一次使出來的啊。」

不管是讓應該沒辦法攻擊女性的GⅢ負責處理白朗寧的子彈……或是讓（我猜）應該沒辦法使出彈子戲法的亞莉亞負責處理兩把槍，都是我瞬間的判斷。

然而亞莉亞依然是個了不起的女人。她光是看到GⅢ槍口瞄準的方向，就直覺知道自己應該做的事情了。真不愧是福爾摩斯四世。

「你怎麼做的啊，老哥！我現在可以開你一槍嗎？只要讓我再看一次，我也可以學會了。然後你再開我一槍。」

「我沒打算跟你玩接球啦。」

——槍，是女人。

這是成熟一輩的武偵說過的話。因為如果不常常碰槍，她就會跟你鬧彆扭。

而我為了逃避每天作戰的日子，也不顧至今為止的恩惠，就把貝瑞塔丟在一邊不管。

（所以說……這位「大小姐」就來報復我了，是吧？）

我將手槍收回槍套中，苦笑了一下。

不過啊，貝瑞塔，妳的憤怒，我確實**接收到了**。用我想到的方法。所以妳就原諒我吧？

拈花惹草也就僅此一次了。

因為，我不會再放開妳的。

爆發模式下的我，甚至對手槍都開始甜言蜜語起來。而就在我心中細語著這番宛如男公關會說的話時……

「我說你……一陣子沒見，表情又變得更成熟了呢。」

踏著輕快步伐走過來的手槍妹，彷彿在幫貝瑞塔說話似地對我笑了一下。

直覺總是很準的亞莉亞……看來是已經察覺到了。

察覺到離開武偵高中後的我——

現在終於領悟到自己究竟是什麼角色。

不過，被她提出這一點來捉弄也讓我覺得很丟臉。於是……

「話說回來，亞莉亞。我的老家就在這附近，妳要不要跟我一起回家？我想介紹亞莉亞給我的家人認識——」

我稍微反擊了她一下後……

亞莉亞似乎想到了什麼事情，「咦！」地一聲慌張起來，趕緊整理起自己的瀏海。

「——不過還是等以後再說吧。畢竟這件事看起來還沒有告一個段落啊。」

我接著這麼說完後，將視線看向菊代的大豪宅……從我們站的角度看不到的屋頂上。

——**有人**。

而且這次是毫無疑問的**真貨色**。

對方原本很巧妙地隱藏著自己的氣息，不過似乎就在他們發現現場狀況獲得收拾之後……便釋放出強大的氣魄了。

GⅢ也察覺到同樣的事情，而轉頭跟我看向同一個地方。

如果我要帶人一起去戰鬥的話，也應該要選他吧？

「亞莉亞，妳帶著兩位女孩子……萌跟菊代，撤退到安全的地方去吧。畢竟如果是我帶她們去避難的話，她們好像又會跑回來的樣子啊。」

「哦～？她們叫做萌跟菊代呀？那麼金次，等一下就是我問話的時間囉？還、還有，你的老家，我、我會去的，所以你要好好介紹我喔？我會把行程排出來的。我真的會去喔？」

亞莉亞露出一臉不知道是在生氣還是在高興的奇妙表情。

「遠山同學……你、你為什麼要做這麼危險的事情……？」

「遠、遠山……」

顫抖著雙腳走過來的萌，以及一臉呆滯的菊代，就交給亞莉亞去照顧吧。

畢竟亞莉亞也是女孩子。我不能讓女性去跟那個真貨戰鬥啊。

至於毫不避諱地直接對我提出詢問的萌嘛……

「我只是想稍微嚇一嚇膽小的鳥兒們而已啦。」

我對她輕聲呢喃，蒙混過去後……又露出有點嚴肅的眼神接著說道。

「乖孩子該回家囉？以後絕對不可以再拿槍了。妳美麗的雙手，不是為了握住那樣的東西而存在的。當然，女神大人的手也是很美啦。」

我在警告萌的同時——因為亞莉亞就在旁邊的關係，所以稍微模糊了一下臺詞。

這樣妳有聽懂嗎？

就在我露出微笑，看向頭上浮現問號、「女神？」地感到疑惑的亞莉亞時——

「喂，老哥，適可而止吧。對方在笑啦。」

Ｇ Ⅲ一臉不耐煩地看著屋頂，對我說道。

於是我站到我那位似乎對愛情很飢渴的老弟身邊……

確認亞莉亞她們平安撤退後，對著屋頂上的**真貨們**開口說道。

「你們在那裡吧？想跟我們玩嗎？」

接著一陣沉默之後……

「——是（中文發音）。」

是中國人啊。

哎呀，我早就猜到應該是這樣了。

不過，從剛才的回答可以知道，對方應該是聽得懂日文的。

「你們似乎是想找我的樣子，可是我這輩子都不想要跟你們扯上關係啊。」

我出示了我方的要求，但對方卻毫無反應。

要是他們以後跑到我家或學校來的話，我也很困擾。

所以想要斷絕往來，就要趁現在啦。

「走吧，ＧⅢ。」

「好，就讓他們以後再也不會想糾纏咱們兄弟吧。」

聽到我正式提出協助邀請的ＧⅢ，看起來好像很開心的樣子。

我們再次走入豪宅中，進到一間似乎是借給那些人使用的中國風格房間內一看……

可以看到桃子與香蕉吃完後的痕跡，以及少許吃剩的生肝切片。從餐具的數量上推斷，對方大概有三個人吧。

我與GⅢ沿著梯子爬上屋頂後——

在月光照耀之下，積雪漸漸溶解的寬廣瓦片屋頂上……看到了。

果然如我的預測，總共三個人。

「……」

其中兩個人，我之前就見過了。

首先，是我絕不會忘記的人物——曹操（昭昭）。

由猛妹、炮娘、狙姊組成的三姊妹，主要跟我和蕾姬有點因緣。眼前這位應該就是其中一名。我記得她們應該被關在長野監獄才對，看來是其中有一名逃獄了吧？不過，她們當中有人戴眼鏡的嗎？

在外觀像黑髮版本的亞莉亞、身上穿著一套有點可愛的中國清朝服裝的昭昭身邊，則是……

「遠山先生，GⅢ先生，能與兩位再次相遇，本人深感榮幸。」

宛如戴著面具般的笑臉；在小小的圓框眼鏡下，不知道究竟有沒有睜開的細長眼睛；刺有華麗的刺繡花紋、像漢族文官會穿的傳統宮廷服裝。

是之前在空地島舉行「宣戰會議」時，前來與會的藍幫大使……

我記得，是叫諸葛靜幻。

原來跟菊代合作的中國大幫派——就是藍幫啊？這世界真是說大不大呢。

……不過，真正讓我忍不住皺起眉頭的是——

（那方面的對手，我很不會對付啊……）

我初次見到的，第三個人。

有著一頭長及地面的黑直髮、看起來大概小學五年級生的女孩子。

她身上穿著名古屋武偵女子高中的短版水手服。那間學校的女生們為了誇耀自己「真拿妳沒辦法」，而將制服設計得到處都短得要命。裙襬、衣襬都只有胯下、胸下一公分，別說是肚臍了，根本就是整個腰身都露出來，是一套誇張到不行的水手服。

在北風吹拂下，眼前這名女孩微微隆起、但明顯沒有穿胸罩的胸部底下三分之一若隱若現。袖長也很短，讓她那有點晒黑的纖細上臂幾乎全都暴露在外面。

然而，我會說我不擅長對付她……並不是因為她衣服很暴露的關係。

畢竟之前跟玉藻的洗澡事件可以得到證明，我不是什麼蘿莉控。

這傢伙，**不是人類**。

——是因為我從感覺就可以知道。

她只是化身成一名女孩子罷了，就跟玉藻一樣。

更何況……她長了一條橘色的細長尾巴啊。

彷彿時時刻刻都睜得大大的紅色眼睛，看起來沒有表情。但那感覺並不像是蕾姬那樣面無表情，而是有一種彷彿**頓悟了**世間所有事物，而表現出超然的氛圍。

然而，她雖然給人如此深不可測的感覺……我卻感受不到她有釋放出什麼強烈的殺氣。她就只是站在原地，看著我們而已。

看來這應該是我跟GⅢ──兩個進入爆發模式的人聯手，就可以解決掉的對手吧？

「嘿──那邊的小鬼頭就是藍幫的極東戰役代表啊？」

GⅢ似乎也察覺到我們現在應該注意的是那名少女的樣子。

極東戰役──那是我們現在被捲入其中的戰爭，在世界的暗處進行中的國際鬥爭。在規則上，為了避免演變成全面戰爭造成大規模傷害，因此是由各組織分別派出幾名擅長戰鬥的人員做為代表，進行決鬥。

「是的，是這樣沒錯，但是……」

諸葛才剛肯定完這名少女就是他們的代表之後──

「老子已經從『無所屬』改為加入『師團』了，所以就有跟你們開打的理由啦。」

喀、喀──GⅢ踏著腳下的瓦片，往前走出去。

而本來就有戰鬥打算的我，也跟著他踏出步伐的時候──

「別、別去呀，遠山家的！汝莫非是想跟佛戰鬥嗎！」

從我的衣服中，忽然傳出一陣發抖的聲音。

是變身為護身符掛在我脖子上的玉藻發出來的。

於是我停下腳步後……

「嗯？妳說、我想跟**什麼**戰鬥？」

「——那、那身姿態，是猴。跟日本的鳳同等級，是妖界的巨頭呀。那是在天竺一升為鬥戰勝佛、貨、貨真價實的……」

「我可看不出來她有那麼厲害，是妳搞錯了吧？」

不管是玉藻老愛操心的個性，或是與不知何方神聖的對手戰鬥的經驗，都是常有的事了。

因此我再度往前踏出步伐……

「汝若敢出手，即是謀反呀！會與來自唐的眾妖為敵的！」

總覺得玉藻實在太吵了……於是我把她從襯衫中拉出來後……

「澎！」地一聲，表情莫名慌張的玉藻便立刻現出原形，抓住我的身體。

「——在猴的面前，槍械刀刃皆無意義！汝等住手呀！」

因為玉藻真的太拚命的關係，我不禁又停下了腳步。而在我的斜前方——

「哈哈！槍械？刀刃？那種玩意老子打從一開始就不會想用啦。咱們可是有音速的拳頭啊！」

ＧⅢ一邊笑著，一邊握起右拳……喀！

降低下盤，踏穩腳步，擺出「流星」——ＧⅢ版「櫻花」的架勢。

瞄準的目標，就是玉藻稱為「猴」的藍幫戰士。

——在這個瞬間，ＧⅢ就贏了。至少我看起來是這樣。

然而，這是怎麼回事……？昭昭跟諸葛都露出了不知道在慌張什麼的表情啊。

「既然是異教的神，殺掉也沒差啊。」

身為基督教徒ＧⅢ，說這番讓教會聽到應該會生氣的威脅臺詞……

反觀猴則是……在她的頭上……那、那是什麼？

怎麼突然開始出現一些細小的金色顆粒了？

那些粒子越變越多，不斷旋轉。

沒過多久，看起來就像直徑二十公分左右的一個圓環了。

簡直就像宗教畫裡，浮在天使或神頭上的光環一樣——

「金、金箍冠……——猴！請鎮定下來呀！」

——啪！

就在玉藻失聲大叫的下一個瞬間……

「——！」

四周頓時紅光一閃。

卻沒有聽到任何聲音。

從猴的紅色眼睛中，發出一條光線——像雷射瞄準線一樣的光線，貫穿了GⅢ的身體。

前後短短零點一秒。

「……嗚……！」

光是如此而已——

GⅢ就當場倒在地上，連句話都說不出來了。

他驚愕地睜大雙眼，露出完全不明白發生了什麼事的表情。

接著，瞳孔漸漸擴大……！

從嘴角……冒出鮮血……！而且流出的血量一看就知道是中了致命傷。

「——G、GⅢ！」

剛才到底發生什麼事了……！

明明就只是亮了一下而已啊。

難道這樣就被擊中了嗎？不，不可能的，GⅢ那套堅固的護具，可是連子彈都可以像爆米花一樣彈開的科學鎧甲啊。

「——嚕、拉打、佛嚕、喔嚕？」

不知道在嘀咕著哪國語言的猴——用發出紅光的眼睛看著我們，微微歪了一下頭。

就連昭昭跟諸葛，都因為看到剛才那一幕而傻在原地。

看來藍幫那夥人——沒辦法控制那名不知何方神聖的少女啊。

即使是我處在爆發模式下的腦袋，也花了好幾秒才掌握住現場的狀況。

「快逃，遠山家的！GⅢ已經回天乏術了！方才那是如意棒……是雷射槍呀！即便是咱也防不住的！」

——雷射槍……！

怎麼可能？妳是說剛才，猴從她的眼睛射出雷射光嗎！明明什麼殺氣都沒感受到啊……！

光速的攻擊。

如果真是這樣……音速根本沒得比啊。那是絕對沒有辦法防禦的！

而GⅢ剛才就真的是什麼反應都做不出來。我們明明連音速的子彈都有辦法對付的說。

「那、那傢伙……到底是何方神聖啊……！」

我雖然想衝過去救GⅢ，卻無法前進。

因為猴的紅色眼睛，**正看著我啊**。

而玉藻則是露出犬齒，淚眼汪汪地對我大叫。

「——咱方才不就說了！猴就是鬥戰勝佛——**孫悟空**呀！」

Go For The NEXT!!!

後記

各位好！讓大家久等了！

本人是除了本篇小說之外，也正充滿活力地寫著外傳與四格漫畫原作的赤松。

這次的第十二集小說，會跟漫畫版《緋彈的亞莉亞》第六集、《緋彈的亞莉亞AA》第四集、以及四格漫畫《緋彈的小亞莉亞》一起，四本同時出版喔！

哎呀～這簡直就是亞莉亞祭典了嘛！

本人是個不只喜歡寫作，也很喜歡閱讀自己作品的作者，因此現在真是高興&激動得彷彿要發動什麼爆發模式了啊。呼呵呵！好啦，進入Q&A的單元！

Q：『請問赤松老師最喜歡的角色是誰呢？』

筆者收到好幾位讀者們來信詢問這樣的問題。這搞不好是「對輕小說作家提問的次數」排行第一名的問題呢！真是謝謝大家。

至於我的回答嘛——「我平等深愛著每一位角色啊！」

嗯……虧我能回答出如此一個模範解答。這樣就不會被任何一個角色開槍了。

不過，這樣的回答應該會讓某些讀者感到掃興吧？

因此，若是硬要說的話……「高千穗麗」是筆者目前的最愛。

呃，那是誰啊？——有這樣疑惑的讀者，務必請您購買在後記一開始介紹的那套叫「ＡＡ」的漫畫來看看！這角色會在第三集登場喔。

高千穗的個性就是大家俗稱的「大小姐角色」，是個高傲的美少女。就讀武偵高中一年級，是亞莉亞的學妹。使用魯格．超級紅鷹手槍發射強而有力的點４５４ Casull子彈，射擊的實力也很強。擁有甚至連ＣＶＲ都想來挖角的美貌，是個優點很多的女孩子……但是因為自尊心太高的關係，在交朋友上很笨拙，而且遇到任何事情都想用金錢來解決，也是有些缺點的。

我非常喜歡寫像這樣同時兼備優缺點的角色。畢竟這種角色感覺很像個活生生的人，而且（自己在寫的時候）也會很期待這樣的角色究竟會怎麼成長啊！

其實在原作小說中，她也有登場過一瞬間喔。請大家務必找找看吧。

《緋彈的亞莉亞》也已經來到第十二集了。

我衷心期望每一位角色都像書中的金次一樣——能跟著各位讀者一同成長下去。

二〇一二年五月吉日　赤松中學

亞莉亞也到第十二集了喔!!

■恭賀亞莉亞也終於
連載到第十二集了！
這次一口氣出現了好多新角色，
讓我設計角色設計得很愉快呢。
這幾位都是與至今為止的人物
在方向上有點不同的角色，
期待能夠聽到各位讀者的感想～

■那麼，我們第十三集再相見！

尖端出版輕小說／BL 小說徵稿中

尖端出版誠徵輕小說／BL 小說稿件。錯過了一年一度的浮文字新人獎嗎？現在也有常設性的徵稿活動囉！歡迎對寫作有熱情的朋友，一起來打造臺灣輕小說／BL 小說世界！

1. 投稿內容：

★以中文撰寫，符合尖端出版定義之原創長篇「輕小說／BL 小說」。

★題材、形式不拘，但不得有過當之血腥、色情、暴力等情節描寫。

★稿件需為已完成之作品，字數應介於 80,000 字至 130,000 字間（含全形標點符號，以 Microsoft Word「字數統計功能」之統計字元數（不含空白）為準）。

★投稿時請註明：真實姓名、筆名、聯絡方式（手機、地址）、職業。

★投稿時請提供：個人簡歷（作者介紹）、人物介紹、故事大綱及作品全文，以上皆請提供 WORD 檔。

2. 投稿資格： BL 小說投稿需年滿 18 歲；輕小說無投稿資格限制。

3. 投稿信箱： spp-7novels@mail2.spp.com.tw

★標題請註明：【投稿輕小說／BL 小說】作品名稱 by 作者名

★審稿期約為二～三個月，若通過審稿，編輯部將以 EMAIL 回覆並洽談合作事宜；未通過審稿者恕不另行通知。

4. 注意事項：

★投稿者需擁有作品之完整版權。

★不得有重製、改作、抄襲、仿冒或其他侵害他人權益之情事。

★請勿一稿多投。

★若有任何疑問，請直接 EMAIL 至投稿信箱，勿來電洽詢。

浮文字

緋彈的亞莉亞(12) 灑落狼犬之雪

（原名：緋弾のアリアXII 狼狗に降る雪（フォル・オブリージュ））

作者／赤松中學　封面插畫／こぶいち　譯者／陳梵帆
發行人／黃鎮隆　協理／陳君平
總編輯／洪琇菁　國際版權／林孟璇
執行編輯／呂尚燁　美術主編／李政儀
企劃宣傳／邱小祐
出版／城邦文化事業股份有限公司　尖端出版
台北市中山區民生東路二段一四一號十樓
電話：(〇二)二五〇〇七六〇〇　傳真：(〇二)二五〇〇二六八三
E-mail：7novels@mail2.spp.com.tw
發行／英屬蓋曼群島商家庭傳媒股份有限公司城邦分公司
尖端出版　行銷業務部
台北市中山區民生東路二段一四一號十樓
電話：（〇二）二五〇〇—七六〇〇（代表號）
傳真：（〇二）二五〇〇—一九七九
讀者服務信箱：**sandy@spp.com.tw**
北部經銷／祥友圖書有限公司
電話：（〇二）八五一二—三八五一
傳真：（〇二）八五一二—四二五五
中部經銷／高見文化行銷股份有限公司
電話：〇八〇〇—〇五五—三六五
傳真：（〇二）二六六八—六二二〇
雲嘉經銷／智豐圖書股份有限公司　嘉義公司
電話：（〇五）二三三—三八五二
傳真：（〇五）二三三—三八六三
南部經銷／智豐圖書股份有限公司　高雄公司
電話：（〇七）三七三—〇〇七九
傳真：（〇七）三七三—〇〇八七
一代匯集／香港九龍旺角塘尾道六十四號龍駒企業大廈十樓B&D室
電話：（八五二）二七八三—八一〇二
傳真：（八五二）二七八二—一五二九
法律顧問／通律機構
台北市重慶南路二段五十九號十一樓
二〇一三年二月一版一刷
二〇一四年三月一版二刷

■中文版■

郵購注意事項：
1. 填妥劃撥單資料：帳號：50003021戶名：英屬蓋曼群島商家庭傳媒(股)公司城邦分公司。2. 通信欄內註明訂購書名與冊數。3. 劃撥金額低於500元，請加附掛號郵資50元。如劃撥日起 10～14日，仍未收到書時，請洽劃撥組。劃撥專線TEL：(03) 312-4212 ・ FAX：(03) 322-4621。E-mail：marketing@spp.com.tw

國家圖書館出版品預行編目資料

緋彈的亞莉亞 / 赤松中學 著； 陳梵帆 譯.--1版.
--臺北市：尖端出版，2009.10
面 ； 公分.--(浮文字)
譯自:**緋弾のアリア**
ISBN 978-957-10-5110-9(第12冊：平裝)

861.57　　98014545